Nestbeschmutzer

*Personen und Orte sind fiktiv, sie kommen der Realität sehr nahe,
siehe Kommentar letzte Seite.*

Karel Hruby

Nestbeschmutzer

Die Deutsche Bibliothek verzeichnet diese Publikation in der Deutschen Nationalbibliografie; detaillierte bibliografische Daten sind im Internet über http://ddb.de_abrufbar

Impressum:

© Juni 2014 by Karel Hruby

Autor :   Karel Hruby

Herstellung und Verlag: Books on Demand GmbH, Norderstedt
Printed in Germany

ISBN: 9783735741363

Inhaltsverzeichnis

KINDERHANDEL 7

HILFE FÜR EIN KLOSTER 49

DER WAHRE NESTBESCHMUTZER 117

ZWEI JAHRE SPÄTER 133

Exposé

Josephine, genannt Jo, ist eine couragierte Frau, die sich neben ihrer Arbeit, in einem gemeinnützigen Verein für die Unterstützung von Waisenkindern einsetzt, deren Mütter gezwungen sind, an der Grenze zwischen Deutschland und Tschechien als Prostituierte zu arbeiten. Dabei kommt sie völlig unschuldig in das Fadenkreuz deutscher Behörden, die gegen sie wegen illegaler Adoptionsvermittlung fanden.

Trotz aller Widrigkeiten und Anfeindungen setzt Jo ihre Arbeit fort. Sie fährt lediglich mit Hilfsgütern und Spendengeldern nach Nordböhmen in Kinderheime in denen Kinder von Prostituierten untergebracht sind.

Auf der Suche nach Beweisen ihrer Unschuld kommt sie verbrecherischen Machenschaften auf die Spur. Diese führt sie zu einem Kloster hinter dessen Mauern furchtbare Dinge geschehen.

Als Jo einen Ring aus Kinderprostitution und Menschenhandel aufdeckt und diesen auf Wunsch der Polizei, deutschen und tschechischen Behörden zur Anzeige bringt, wird sie zur Zielscheibe der Verbrecher, die scheinbar weitreichende Verbindungen haben und vor nichts zurückschrecken. Jo wird für ihr Engagement und ihre Bürgerpflicht mit einer Haftersatzstrafe bestraft. Während Jo eine neue Identität erhält und dadurch ihren Job verliert, wirken die Kriminellen in Tsunami Gebieten und der Dritten Welt, unter dem Deckmantel der Nächstenliebe ungestraft weiter

Kinderhandel

Wie alles begann

Abfahren krächzte der Lautsprecher, langsam setzte der Zug sich in Bewegung. Plötzlich wurde die Abtteiltür aufgerissen. Eine alte Dame stolperte herein und ließ sich erschöpft auf dem leeren Fensterplatz nieder. Josephine, im Freundeskreis Jo genannt, schaute sie freundlich an.
„Wissen sie noch vor einigen Jahren, wo ist die Zeit hin", sagte die alte Dame, „da waren die Fenster des Bahnhofs noch zerstört. Das haben die ganz gut wieder hingekriegt. Der alte Bahnhof wird immer moderner, nur die Menschen sind nicht mehr so gemütlich."
Jo nickte der alten Dame bejahend zu. Freunde und Verwandte hatten ihr die Geschehnisse im Spätsommer des Jahres 1989 geschildert. Jo war damals 40 Jahre alt, sie versorgte ihren kleinen, vier Monate alten Bruder und mied die Gefahr in die Innenstadt zu gehen. Immer wieder gab es in der Innerstadt Demonstrationen und Polizeistreifen. Der Hauptbahnhof war, von bis zu den Zähnen bewaffneten Polizisten und treuen Staatsdienern völlig abgeriegelt. Einige Hoffnungsvolle suchten eine Chance auf den Zug von Prag in die Freiheit aufzuspringen. Bei Einfahrt des Zuges fielen die ersten Pflastersteine gegen die bewaffnete Garde des totalitären Regimes. Reisende, die aus der Bahnhofshalle von den ankommenden Zügen in die Stadt wollten, wurden aufgefordert sich auf den Bahnhofsvorplatz auf die Straße zu legen. Unschuldige Bürger wurden verhaftet. Die Menschen hetzten in der Angst um ihr Leben durch die Straßen um den Hauptbahnhof, verfolgt von den Staatsbeamten. Es war ein Wunder, dass diese Ereignisse friedlich endeten, immer wieder hörte man die Rufe, „wir sind ein Volk!"

Der Zug gewann an Tempo und verließ die Stadt. Die Landschaft wurde offen und freundlich. Überall schöne Häuser und gepflegt Gärten. Das Bergmassiv der Sächsischen Schweiz ließ die Naturschönheit erahnen. Der Zug fuhr langsam, er hatte den Grenzbahnhof erreicht.
Jo erkannte am Bahnhofsgebäude die vergitterten Fenster. Ihr lief es kalt über den Rücken. Im Sommer 1987 war es, sie hatte viele Monate das Geld zusammengespart, um mit ihrem jüngeren Bruder, das erste Mal einen Urlaub am Plattensee in Ungarn zu verbringen. Die Grenzposten holten sie und das Kind aus dem Zug, nahmen ihnen die Ausweispapiere weg und führten sie in den vergitterten Raum des Bahnhofsgebäudes. Viele Stunden verstrichen. Jo wurde untersucht, sie musste ihre gesamte Kleidung ablegen. Wie ein Pferd das beschlagen wird, die Fußsohlen zeigen, die Haare lösen, alle Verstecke am nackten Körper wurden von einer Beamtin mit Gummihandschuhen untersucht. Jo empfand noch immer Ekel vor der Entwürdigung. Dem Kind nahmen die Beamten den Walkman ab und untersuchten die Kassette auf versteckte Informationen. In der Nacht kamen zwei Herren, Jo musste ihr Einverständnis geben und daraufhin nahmen sie das Kind mit, es sollte in einem Kinderheim untergebracht werden.
Jo blieb noch einige Stunden sitzen, schwer bewaffnete Männer brachten sie in einem Kleinbus, Marke Barkas, in einen Plattenbau auf der anderen Seite der Elbe, wo sie Jo zu ihren Motiven des Urlaubs nach Ungarn befragten. Auch wenn diese Menschen ihr keine Republikflucht nachweisen konnten und sie ihren Bruder wieder erhielt, verlief ihr Leben immer in Angst vor dem Frauengefängnis und ständigen Verhörterminen.

Heute hatte sie einen Grund diese Grenze nach Jahren wieder zu überschreiten. Fünf Kilo Eierkuchenmehl, das nach einem Kinderfest übrig geblieben war, sollte sie den Obdachlosen der Mutter Theresa nach Prag bringen und sich mit einem Geistlichen der Prager Gemeinde treffen. Der Zug hatte die tschechische Grenze passiert, die Häuser waren heruntergekommen, überall Schmutz. Noch immer hielt der Zug in Usti nur eine Minute. Der Schreckenstein wirkte finster, die maroden Schienen selbst ließen den Zug ächzen.

Praha - Holeschovice, Schwester Elisabeth von der Deutschen Gemeinde stand bereits am Bahnsteig und begrüßte Jo freundlich. Sie wusste aus Briefen, dass Jo mehrere Jahre als Kind in Prag gelebt hatte und durch ihren Onkel, die Geschichte des Landes kannte. Jo fühlte sich in Prag zu Hause. Als Kind war sie mit ihren Familienangehörigen durch die Straßen gelaufen. Sie kannte die Prager Altstadt und die Kleinseite mit ihren Sehenswürdigkeiten. Ihr Cousin baute damals mit an der Metro, den Prager Frühling hatte sie im August 1968 miterlebt. Jo wandte sich zu Schwester Elisabeth und sagte mehr zu sich. „Seltsam, die meisten Ereignisse um Prag waren im August. Wann waren die zwei Fensterstürze zu Prag?"

Schwester Elisabeth bestätigte ihr, „der erste Fenstersturz war im Rathaus am Karlsplatz und erst der Zweite auf der Prager Burg. Unsere Kirchgemeinde liegt am Karlsplatz."

Schwester Elisabeth kannte Jos Patenonkel, den Musikprofessor, der in der Karlsuniversität unterrichtete und für den Prager Rundfunk Kinderlieder komponierte. Jo vermisste den verstorbenen Onkel sehr, der ihr Sagen und Geschichten über Prag und ihre Familie erzählte. Ein Teil der Familie der mütterlichen Seite kam aus Österreich und Nordböhmen. Im Jahr 1945 mussten die Großeltern mit der gesamten Familie Haus und Hof verlassen, sie wurden nach Deutschland ausgewiesen. Damals war Jos Mutter erst 18 Jahre alt. Sie flüchtete mit vielen jungen Mädchen von Niemes über Tetschen, Teplice, Bilina in Richtung Aue, mit dem Ziel die Amerikaner zu erreichen. Junge deutsche Soldaten, noch Kinder, begleiteten und beschützen die Mädchen. Die Wehrmachtsuniform war ihr Verhängnis, gleich hinter Tetschen wurden sie hinterrücks erschossen. In Usti wurde ein Blutbad an vielen unschuldigen Deutschen aus Rache angerichtet. Die Mädchen entgingen diesem Massaker knapp.

Eine Verwandte arbeitete als Schwester im Lazarett in Budweis. Sie geriet in tschechische Kriegsgefangenschaft und musste zwei Jahre bei einem Bauern, Sommer wie Winter barfuss das Feld bestellen. Der Bauer gab die junge deutsche Frau der russischen Besatzungsmacht zur Vergewaltigung frei. Vieh und Haustiere wurden besser verpflegt, als die deutsche Gefangene, die Abfälle des Bauern essen musste, um zu überleben.

Nach diesen Qualen kam sie als Umsiedlerin, verschüchtert und gedemütigt in die DDR. Zu ihren Erlebnissen durfte sie nie sprechen. Eine Entschädigung wurde immer abgelehnt, diese Tatsachen totgeschwiegen. Trotzdem setzten sich in der Folgezeit viele Vertriebene, für die Erhaltung von tschechischen Kirchen und Naturdenkmäler in Nordböhmen ein.

Das Eierkuchenmehl übergab Jo den Obdachlosen der Mutter Theresa in Prag. Der Geistliche der Deutschen Gemeinde erzählte, dass sich keine internationale Hilfsorganisation für Bedürftige in Nordböhmen einsetzt. Große Sorgen bereitete ihm das Schicksal der vielen Kinder der Prostituierten von der Europastraße 55, die völlig vergessen in den tschechischen Waisenhäusern Nordböhmens lebten.

Schwester Elisabeth nahm Josephine das Versprechen ab, dem kranken Geistlichen eines Gebirgsklosters zu helfen. Jo war erschüttert über den Bericht der Kirchenvertreter. Daraufhin sah sie die Hilfe für diese Waisenkinder in Nordböhmen als ihre Mission an.

Nach mehrmaligem Klingeln öffnete sich die Tür des geschützten Kinderheimes. Jo und ihre Begleitung mussten sich über die Schuhe Stofflappen ziehen und warten. Eine kleine resolute Frau, Mitte 50, Chefärztin des Waisenhauses, begrüßte die Besucher in gebrochenem Deutsch. Sie erklärte, „wir haben immer wieder um Hilfe aus Deutschland gebeten, denn die Väter der meisten Kinder sind die unbekannten Kunden der Frauen, die auf der Europastraße stehen. Keiner will davon hören."
Sie führte die Gäste durch die zwei Gebäude. Der Putz bröckelte von den Wänden, die Wege waren zerstört und die Waschküche eine Ruine. Hingegen die Räume für die Kinder angenehm warm und sauber. Liebevoll betreuten die Schwestern die Kinder.
Die Frau Doktor seufzte, „hier leben 70 Kinder bis zu ihrem dritten Lebensjahr. Ihre Mütter, die als Prostituierte arbeiten müssen, ließen ihre Babys in den Geburtskliniken zurück oder setzten sie aus. Der tschechische Staat stellt den Kindern nur Geld für Ernährung, Unterkunft und zweckmäßige Kleidung zur Verfügung. Wir brauchen dringend Hilfe für Anschaffungen, Kinderwagen, Reparaturarbeiten und Spielzeug."
Die Mitglieder des Vereinsvorstandes fragten Frau Doktor, wie ist es mit Krankheiten, die an der „Roten Meile" auftreten. Frau Doktor beantwortete diese Frage. „Die Kinder kommen nach der Klinik in ein Zentralheim, dort erfolgt die Registrierung. Sie erhalten ihre

Geburtsurkunde und werden untersucht. Stellt der medizinische Dienst unheilbare Erkrankungen fest, kommen diese Kinder in ein besonderes Pflegeheim. Sie haben keine Chancen jemals in die Gesellschaft integriert zu werden oder Eltern zu finden. Ich kenne nur wenige Ausnahmen. Die Kinder, die in unserem Heim leben, sind gesund. Täglich mache ich Visite. Diese Kinder sind für Deutsche nicht zur Adoption freigegeben, dafür fehlen in Deutschland noch die Gesetze."

Der Vorstand des Vereines, den Jo zu dem Hilfszweck mit einigen Gleichgesinnten gegründet hatte, schloss mit der Ärztin einen Patenschaftsvertrag ab. Jo schrieb unzählige Bettelbriefe an Betriebe, Vereine und Politiker, um sie auf die vergessenen Kinder an der deutsch-tschechischen Grenze aufmerksam zu machen.
Das gesellschaftskritische Magazin eines privaten Fernsehsenders griff das Problem auf und versprach Jo mit einem Filmbeitrag dem Kinderheim zu helfen und einen Spendenaufruf in Deutschland zu senden. Jedoch die Chefärztin des Kinderheimes begegnete den Medienvertretern mit Zurückhaltung und Misstrauen. Seit 1994 versuchten nationale und internationale Fernsehsender erfolglos die Öffentlichkeit auf die Probleme der „vergessenen Kinder der Prostituierten" aufmerksam zu machen. Diese Ablehnung spürte auch das Fernsehteam das Jo unterstützte. Sie standen vor verschlossenen Türen, Frau Doktor lehnte kurzfristig die Dreharbeiten ab. Völlig entnervt rief der Redakteur seinen Chef in Deutschland an und schilderte die Situation.
Von Deutschland kam die Antwort, „sie haben eine tatkräftige Frau im Team, machen sie sich keine Sorgen!"

Damit lag die gesamte Verantwortung bei Jo. Dank ihrer tschechischen Sprachkenntnisse wurde sie bei der örtlichen Polizei vorstellig. Der Polizeichef verständigte den Bürgermeister über Polizeifunk. Dieser verließ vorzeitig eine Beratung in der Kreisstadt und kam ins Hotel, wo das Fernsehteam Quartier genommen hatte, zur nächtlichen Krisensitzung.
Der Redakteur war erleichtert und meinte tief aufatmend, „bloß gut, dass wir nicht in Prag sind!"
„Warum?", fragte ihn Jo völlig ahnungslos.
„Dann hätten Sie uns den Präsidenten herzitiert!"
Die Chefärztin wurde vom Bürgermeister von dem ehrlichen Hilfsangebot aus Deutschland überzeugt.

Es war Februar, eisige Kälte, im Gebirge hoher Schnee, das Drehteam hatte sich warm angezogen. Nach der Beratung mit dem Bürgermeister brach das Drehteam nochmals auf, um Impressionen von der belebten Europastraße einzufangen. Die Dreharbeiten waren durch die Hilfe des Bürgermeisters und der Polizei noch effektiver.
Der Sendetermin des Beitrages sollte nach vier Tagen erfolgen. Der Redakteur hielt einen Brief in der Hand und begann seine Berichterstattung.
„Dieser Brief hat die Redaktion sehr bewegt!"
Er sprach weiter, seinen Standardsatz, „ein Bericht sehr persönlich aus dem Leben, Reporter decken auf!"
Dann folgte ein Filmbericht: In den Schaufenstern standen halb nackte junge Frauen und warteten auf Kundschaft. Auf der Europastraße liefen viele leicht bekleidete Mädchen, auf und ab, sie winkten und forderten die Männer auf anzuhalten.
Was das Drehteam zu sehen bekam, lies die Männer frösteln.

Eine junge Frau, kaum bekleidet, stand am Straßenrand und es schneite. Sie wiegte ihren schwammigen Körper aufreizend. Die prallen Brüste hielt nur ein kleines Schälchen, eine viel zu enge dünne Bluse bedeckte den Oberkörper, sie trug knappe Tangas und dünne hohe Absatzschuhe.

Zwei dunkelhäutige sehr junge Mädchen wurden von den Reportern befragt, wie sie sich vor Krankheiten schützen. Die Mädchen antworten kichernd, „da ist nichts mit Kondomen, die Männer wollen alles, vor allem ohne Kondome, dafür erhalten wir zehn DM, mit Kondom nur fünf DM!"

Eine Frau flüchtete vor ihrem Zuhälter ins Dunkle. Die Polizei, die die Europastraße mit Video überwachte, nahm sich der Frau an. In der Polizeistation setzte sie ihre blonde langhaarige Perücke ab. Der Kopf zeigte kahle Stellen, sie hatte sich die Krankheit an der „Roten Meile" geholt. Vor acht Monaten wurde sie unter dem Versprechen, als Verkäuferin in Deutschland arbeiten zu können, aus der Ukraine geholt. In Dubi nahmen ihr die Schlepper die Ausweispapiere ab. Sie wohnte mit drei weiteren jungen russischen Mädchen in einem neuen Quadratmeter großen Zimmer in einem Abrisshaus. Als sie sich weigerte, das Geld als Prostituierte für ihre Weiterreise nach Deutschland zu verdienen, wurde sie geschlagen. Sie bedankte sich mehrfach bei der Polizei und dafür, dass sie ärztliche Hilfe bekam, sie hatte unerträgliche Schmerzen. Sie sagte weinend, „es macht mir Angst, viele Männer scheinen sehr gute Stellungen in Deutschland zu haben, sie sprechen ein sehr gut verständliches Deutsch und kein sächsisches Kauderwelsch. Sie kommen meist in Brigade, sind auf der Geschäftsreise nach Prag und bringen kleine Präsente auf der Rückreise mit. Manchmal müssen wir dann auch noch die Taxifahrer bedienen, die eine Massage (Quickie) von uns fürs Warten geschenkt bekommen. Viele dieser Männer, die unsere Kunden sind, wissen nicht, welche Krankheiten sie mit nach Hause nehmen!"

Eine Frau gab ein Interviewe.
„Ich habe in Deutschland gearbeitet, die Zuhälter holten mich wieder zurück. Ich verdiene sehr wenig bei der großen und viel jüngeren Konkurrenz. Die deutschen Männer wollen junge Mädchen ab zwölf Jahre oder hochschwangere Frauen. Von den 100 DM, die ich mindestens täglich verdienen muss, erhalte ich nur mein Essen, Unterkunft und Kleidung. Das Leben ist sehr schwer", dabei treten ihr Tränen in die Augen und sie spricht weiter, „für mich und die …"
Sofort eine Überblendung in das Waisenhaus Johanka. Die Sprecherin des Senders findet eine Überleitung. „Sie meinte die Kinder, die an der E 55 entstanden, bei einer kurzen Begegnung, der Frauen mit ihren Freiern. Die Mädchen müssen weiterarbeiten, in der Regel bis zur Niederkunft, Kinder sind geschäftsschädigend, also werden sie in den Geburtskliniken zurückgelassen."

Das Kinderheim ist gemütlich, die Kinder spielen friedlich.
Frau Doktor, Leiterin des Waisenhauses spricht, „ob deutscher Vater oder tschechische Mutter, die Kinder brauchen Liebe, ein Zuhause, eine Zukunft und das können wir nur eine kurze Zeit bieten. Wenn die Kinder bis zu ihrem dritten Lebensjahr keine neuen Eltern gefunden haben, kommen sie in das nächste Heim und so weiter."

Dann kommt Jo zu Wort, die sich der Not der Waisenkinder angenommen hatte und der Fernsehredaktion den Brief schrieb.

Jo sagte nur zwei Sätze:

"Ich möchte die Männer, darauf aufmerksam machen, was passieren kann! Der tschechische Staat gibt Unterkunft, Kleidung und Verpflegung, das kann doch nicht alles sein!"

Dann gab der Sender einige Erklärungen zur Situation ab. Er sprach von Auslandsadoption, ein Sachverhalt, der mit Jos Hilfsaktion, Spenden für die Waisen zu sammeln, in keinem Zusammenhang stand. In diesem falschen Zusammenhang erklärte die Frauenstimme des Senders.

„Das genügt einer Frau nicht, die sich schon lange um Pflegeeltern bemüht!"

Danach folgte ein weiteres Interviewe mit der Kinderärztin des Waisenhauses. Sie erzählte den Reportern vor der Sendung:
„Die Kinder in den Heimen werden nach der Aufnahme und Quarantäne sechs Monate für tschechische Eltern zur Adoption ausgeschrieben. Da die meisten Waisenkinder der Europastraße dunkelhäutig sind, von Zigeunern abstammen, wollen tschechische Eltern diese Kinder nicht adoptieren. Dann können ausländische Paare sich um diese Kinder bemühen. Über Prag werden die Unterlagen in die zentrale Stelle nach Brünn weitergeleitet. Dabei ist es Voraussetzung, dass die Antragsteller von ihren zuständigen Adoptionsbehörden geprüft wurden und für eine Adoption im Ausland zugelassen sind. Wir haben schon 14 Kinder ins Ausland geben können. Mit den Kindern stehen wir ständig im Kontakt und lassen uns von den Jugendämtern berichten, wie es unseren Schützlingen geht. Eine Adoption nach Deutschland ist nicht möglich, weil die Bundesrepublik noch nicht der Hager Konvention, Schutz vor

Kinderhandel und Kindesmissbrauch, beigetreten ist. Deshalb liegen in Brünn, aus Deutschland bereits 5.000 von den deutschen und tschechischen Behörden bestätigte Adoptionsanträge vor, die erst nach Entscheidung des Deutschen Bundestages, weiter bearbeitet werden können".

Bereits noch in der laufenden Sendung erhielt Jo Anrufe und Faxnachrichten. Die Anrufer und Schreiber wollten spontan mit Sachspenden helfen. Viele Zuschauer fragten an, ob sie einem dieser Kinder in ihrer Familie ein Zuhause geben können. Obwohl diese Zuschauer von der Heimleiterin informiert worden, dass eine Adoption nicht möglich ist, riefen sie an, suchten einen Strohhalm und fanden wieder eine Ablehnung. Jo war von diesem Ergebnis überrascht und völlig überfordert. Sie las Briefe mit traurigen Schicksalen. Frauen wünschten sich nichts Sehnlichster als ein Kind. Durch Operationen, Schwangerschaftsabbruch und schweren Krankheiten waren sie selbst dazu nicht in der Lage. Jo und ihr Verein konnten diesen Ehepaaren nicht helfen. Sie hatten sich nie mit derartigen Problemen befasst, wussten durch die Chefärztin des Kinderheimes, dass keine Adoption aus Deutschland möglich war, weil das Hager Abkommen von Deutschland noch nicht unterzeichnet worden war. Ausgangspunkt der Hilfsaktion war, nur die Menschen in Deutschland auf die vergessenen Kinder aufmerksam zu machen und ihre Not durch Spenden zu lindern.

Zwei Tage nach der Sendung flatterte ein Brief der Behörde in Jos Briefkasten, worauf am nächsten Tag eine unnahbare Dame vom Jugendamt persönlich erschien.
Sie sagte zu Jo, „was sie tun, ist strafbar!"
Was tat Jo, was den Unmut dieser Dame erzeugte?

Sie hatte in der Fernsehaufzeichnung, nur zwei Sätze gesagt, die nichts mit den Vorwürfen der Amtsdame zu tun hatten. Diese Frau hatte nicht einmal die Sendung gesehen und sich zuerst bei dem Fernsehsender sachkundig gemacht. Es war eine Fernsehaufzeichnung!
Jo kannte vorher nicht das Ergebnis, das durch Schneiden der Texte und die Begleitansprache gesendet wurde. Sie hatte sich darauf verlassen, dass der Fernsehsender seriös berichtet und nicht einen Quotenfüller mit Halbwahrheiten ausstrahlen wollte.
Für dieses eine Mal glaubte ihr die Dame vom Amt. Sie wollte vorsorglich ihre Amtsbrüder und Schwestern in den anderen Bundesländern informieren, dass Jo mit ihrem Verein nur zum Spenden sammeln aufgerufen hatte. Die Dame konnte es sich bei ihrem Rundbrief nicht verkneifen zu vermerken, man möge Jos Tun beobachten und bei Verdachtsmomenten, Bericht erstatten. Jo übergab der Amtsdame 66 Originalbriefe zu Adoptionsanfragen, die bisher eingegangen waren und lies sich den Empfang bestätigen. Es wurde vereinbart, dass Jo wöchentlich die eingehenden Briefe beim Jugendamt abzuliefern hat. Bei der Erfüllung der ihr aufgetragenen Zwangsmaßnahme wurde sie nicht sehr freundlich von den Damen des zuständigen Jugendamtes empfangen. Das Jugendamt schickte alle Briefe mit einem behördlichen Anschreiben an alle Adoptionswilligen zurück. Selbst ein Adliger aus dem Nachbarfürstentum erhielt sein Schreiben mit einem Amtsbrief zurück.
Jo hatte den Auftrag, alle anrufenden Adoptionswilligen zu informieren, dass sie sich an ihr zuständiges Jugendamt zu wenden haben. Diese waren traurig auch aggressiv, weil sie sich um eine weitere Chance betrogen sahen.
Jo schrieb den Deutschen Bundestag an und bat um Ratifizierung des „Hager Abkommens."

Sie erhielt von der CDU/CSU Fraktion und dem Innenministerium die Antwort, man werde sich befleißigen, der Hager Konvention so bald als möglich beizutreten.

Die Behörden der grenznahen Bundesländer schrieb Jo auch an, ihre Mission mit Fördermitteln zu unterstützen. Sie erhielt ständig Ablehnungen und war auf ihre privaten und von dem Verein zur Verfügung gestellten Mittel, lediglich Mitgliedsbeiträge, angewiesen. Die über 70-jährige Vereinsvorsitzende, die als Trümmerfrau die Landeshauptstadt mit aufgebaut hatte und die Not aus eigener Erfahrung kannte und nur von einer kleinen Rente lebte, finanzierte mit 5.000 DM die Spendenaktion vor. Sie glaubte diese Mittel wieder zurückerstattet, zu bekommen.

Die Sozialministerin aus Bayern delegierte die Verantwortung auf das zuständige Sozialministerium, mit der Bitte Jo und ihren Verein wenigstens für ihre ehrenamtliche Arbeit eine Arbeitsbeschaffungsmaßnahme zu finanzieren. Dazu gab es keine Antwort. Man schämte sich für diese Aktion der Hilfe. Nicht die „Rote Meile" an Deutschlands Grenze nach Böhmen, sondern Jo und ihr Team waren ein Schandfleck. Ihre Hilfsaktion erhielt keine Unterstützung aus den grenznahen Gebieten, wenn sie nicht konkret auf die Firmen zuging. Ihre Helfer waren, allein erziehende Mütter, Senioren und arme Menschen, die selbst Bezieher der „Tafel" waren. Sie halfen Jo, Babysachen zu stricken, zu reparieren und zu waschen. Diese Menschen durften als Arbeitslose und Sozialhilfeempfänger, nur 14,9 Stunden "ehrenamtlich" helfen. Auch die Behördendame vom Finanzamt zeigte Jo offen ihre Verachtung. Sie behandelte Jo als sei sie die Prostituierte, die ihr Kind ausgesetzt hatte. Keine, auch noch so kleine Hilfe zur Spendenbearbeitung und den Möglichkeiten die Auslagen auszugleichen.

Jo bezahlte die Aufwendungen aus der eigenen Tasche und übergab alle Spenden, wie sie eingingen, an die Heime. Sie gab mehr aus, wie sie einnahm.

Jo erhielt aufgrund des Fernsehberichtes Sachspenden für das Kinderheim. Zu diesem Zeitpunkt verfügte sie noch nicht über ein Auto. So packte sie fünf Koffer und vier Umhängetaschen und fuhr gemeinsam mit der 73jährigen Vereinsvorsitzenden mit dem Taxi, dann dem Überlandbus nach Tschechien.

Die Sparkassenangestellte, die immer sehr freundlich war, staunte, als sie Jo begegnete. „Sie fahren wohl vier Wochen zur Kur nach Böhmen? So schön möchte ich es auch haben!", stellte sie fest.

„Nein, wir fahren ins Kinderheim und bringen Spenden dahin", berichtigte sie Jo.

Die Frau war begeistert. Sie drückte Jo Kleingeld in die Hand, „damit können sie die Fahrtkosten bestreiten."

Im Grenzort angekommen, stand niemand vom Heim am Bus, obwohl das Heim telefonisch von dem ungewöhnlichen Spendentransport informiert war. Denn sonst hätte die Frau Doktor die Tür des Kinderheimes nicht geöffnet. So schleppten die zwei Helferinnen die schweren Koffer bis zum Kinderheim. Die Koffer wurden schnell im Empfangszimmer entleert. Zeit zum Kaffeetrinken war nicht, der Bus fuhr gleich wieder zurück, denn die meiste Zeit hatten die zwei Frauen durch das Schleppen der Koffer, zwei Kilometer vom Busbahnhof bis zum Kinderheim gebraucht.

Die Geldspenden sollten öffentlich im Haus der Kirchen in der deutsche Landeshauptstadt der Chefärztin übergeben werden. Ein Veto der Jugendamtsdame verhinderte das. Die Generalkonsulin des tschechischen Konsulats lachte darüber.

Kein Problem, dann ist die Spendenübergabe im Konsulat auf tschechischem Territorium. Zu diesem Termin waren viele geladene Gäste ins Generalkonsulat gekommen. Ein renommierter Rundfunksender hatte eine Vertreterin delegiert. Diese berichtete objektiv von der Spendenübergabe, das einzige Anliegen der Mission von Jo und ihrem Verein. Das Waisenheim erhielt einen Spendenscheck über 3.000 DM überreicht. Ein Kinderchor sang das, von Andreas mit Hilfe des Musiklehrers komponierte Kinderlied „Johanka".
Die Geschwister Andreas und Sabine unterstützten Jo in der Spendenabwicklung, wo sie nur konnten. Sie übernahmen den Telefondienst und sprachen mit Vertretern der Botschaft und notierten die wichtigsten Termine, wenn Jo mit dem Verein auf Spendentransport war. Zum Spielen mit seinen Schulkameraden hatte Andreas keinen Platz, da die Wohnung mit Spenden voll gestellt war. Der zehnjährige Junge spielte zur Ablenkung seiner Schwestern auf seinem Keyboard, wenn sie Bettelbriefe an Firmen und Politiker schrieben. Immer wieder erklang eine zärtliche Melodie, die Andreas selbst erdacht hatte und die Noten suchte. Die Drei fanden dazu einen Text, den Jo ins Tschechische übersetzte. Mit Unterstützung seines Musiklehrers bearbeitete Andreas den Text passend zu der Gesangstimme. Das Lied sollte bei der Spendenübergabe von einer Gesangstimme begleitet werden. Der Musiklehrer forderten nach der Veranstaltung in dem Generalkonsulat 500 DM für seine Aufwendungen; 20 Stunden Arrangement, Aufnahme im Studio für eine CD-Demo und die Gesangstimmen des Kinderchors. Jo zahlte ihm privat sein Honorar, da sie alle eingegangenen Spenden an die Frau Doktor des Waisenheimes übergeben hatte und die Vereinskasse über eine derartige Summe, nicht mehr verfügte.

Nicht mit gegen gerechnet hatte der gewinnorientierte Lehrer die sechs Unterrichtsstunden, die Andreas statt zu lernen, sein Lied für die Veranstaltung übte. Für den Lehrer war die Hilfsaktion eine gute Einnahmequelle.

Anders verhielten sich die Senioren, für die Andreas kostenlos musizierte. Für die Senioren eines Wohnparks, die für die Waisenkinder in Tschechien, Kleidung strickten, spielte Andreas aus Dankbarkeit zwei Jahre kostenlos auf seinem Keyboard, beliebte alte Weisen; Caprifischer, Tulpen aus Amsterdam und den Schneewalzer. Die alten Damen liebten den ruhigen Jungen. Die Senioren bedankten sich mit dem „Blumenstrauß der Woche" des Stadtfernsehens bei ihrem kleinen Musikanten.

Johanka Lied
Schlafet gut ihr Kinderleien,
denn hier im Heim seit ihr nicht mehr allein.
Was euch fehlt, Wärme und Glück
Johanka gibt sie euch zurück.

Menschen gibt's in unsrem Land,
sie reichen allen Kindern ihre Hand,
wollen euch zur Seite stehn
Frau Doktors Augen strahlen sehn.

Dank dem Team von Johanka,
ist stets und immer für die Kinder da,
behütet sie das ganze Jahr,
mancher Kindertraum wird wahr.

Refrain:
Danke Johanka, Frieden, Sonnenschein,
die Kinderherzen lachen, sie sind nicht
mehr allein.

Danke Johanka, was ihr alles tut,
die Kinder sind zufrieden, denn
ihr macht ihnen Mut.

Die Chefärztin bedankte sich bei „Pani Jo" für ihre uneigennützige Hilfe. (Frau Jo ist ein Ehrenkodex).

Auch der tschechischen Präsident Havel, würdigte ihr Engagement und lies durch den Direktor der politischen Abteilung, Kancelár prezidenta republiky - CZ-Praha - Hrad, mitteilen:

„Herr Präsident hat sich sehr über Ihre Initiative gefreut. Die Aufgabe, die sie sich gestellt haben, nämlich zwischen Deutschland und der Tschechischen Republik zu verhandeln, hat Herr Präsident mit großem Interesse vernommen. Ich möchte deshalb die Gelegenheit nutzen, um im Namen des Präsidenten ihre Arbeit zu würdigen."

Selbst der tschechische Botschafter übergab der Chefärztin persönlich einen Scheck von 50 TDM direkt im Kinderheim, von Lesern einer Rheinischen Zeitung, die sich dem Spendenaufruf im Fernsehen angeschlossen hatten. Damit konnten die Gehwege und Gebäude saniert werden.

Die CDU des Kreisverbandes der Landeshauptstadt ehrte ihre Mitglieder für 40 und 50jährige Mitgliedschaft. Andreas wurde gebeten die Veranstaltung kulturell zu umrahmen und Jo durfte über ihre Mission sprechen. Höhepunkt sollte das Lied „Johanka" sein. Der Bericht wurde zur Kenntnis genommen und das Lied beklatscht. Zu einer Gefühlsregung ließen sich die Zuhörer nicht hinreisen. Der Oberbürgermeister, der später kam, sollte das Lied auch hören und so wurde Andreas gebeten, nur dieses Lied noch einmal vorzutragen. Andreas spielte mit Begleitung eines Sängers des Kreuzchors das Johanka Lied. Der Oberbürgermeister bedankte sich mit einem Blumenstrauß bei Andreas.

Die ungewöhnlichen Leistungen des Kindes ließ das zuständige Sozialamt kalt. Das Amt genehmigte keinen Zuschuss für einen Landheimaufenthalt für Andreas, der fristgemäß beantragt wurde. Drei Monate nach Reiseantritt meldete sich das Sozialamt. „Der Jugendliche hat aus eigenen Mittel den Landheimaufenthalt finanziert, deshalb haben wir seinen Antrag abgelehnt." Eins wusste dieses Amt nicht, Andreas war aus Mangel an Geld nicht mit ins Landheim gefahren und damit aus dem Klassenkollektiv ausgegrenzt. Das Geld der drei elternlosen Geschwister reichte nicht einmal mehr für Andreas angemessene Kleidung und Schulmittel. Der Junge litt unter dem Stress, dass Jos Wohnung ein Warenlager, Telefonzentrale sowie Koordinierungsstelle für die Hilfsorganisation war. Seine schulischen Leistungen ließen nach, er musste das Gymnasium verlassen und in eine musische Realschule gehen. Die Rabauken der neuen Klasse stürzten sich auf den ruhigen Jungen, ärgerten ihn und rempelten, wo sie konnten. Andreas kam die erste Zeit mit Kopfschmerzen aus der Schule. Der neue Klassenlehrer setzte sich für ihn ein und erklärte den Rüpeln. Andreas spricht Hochdeutsch und hat durch die Mission und Kontakte der Schwester gute Umgangsformen gelernt. Andreas bedauerte denn Schritt, das Gymnasium verlassen zu haben, denn es war immer noch sein Ziel zu studieren und in die Fußstapfen der älteren Schwester zu treten.

Die Konsulin erklärte Jo, das Kinderheim „Johanka" wurde durch ihre Hilfsaktion mehr, wie gut unterstützt. Es gibt andere Kinderheime, die noch nie Hilfe erhielten, ich werde den Kontakt zu einem tschechischen Landratsamt in Nordböhmen herstellen, damit das richtige Kinderheim gefunden wird. Wenige Tage darauf erhielt der Verein den Hilferuf eines Kinderheimes, das geschlossen werden sollte. Der Heimleiter Engel stellte das Kinderheim vor. „Unser Kinderheim liegt direkt an der Grenze an einem bekannten Ausflugsort. Der namhafte Berg wird jährlich von vielen deutschen Touristen besucht. Im Winter laden unsere Skihänge zum Wintersport ein. Unser Kinderheim existiert schon sehr lange. Es war vor dem Krieg ein deutsches Waisenhaus. Diese Bestimmung hat das Heim nach 1945 beibehalten. Das Heim besteht aus drei Gebäuden, einem Wirtschaftshaus, einer Villa und einem Schlösschen mit einem riesigen Park an alten, unter Naturschutz stehenden Bäumen. Neben dem Heim ist ein geschlossenes, baufälliges Naturtheater, für das die Stadt einen Investor sucht. In jedem Haus wohnen 20 Kinder. Zurzeit haben wir 41 Waisenkinder im Heim, davon stammen nur 15 Kinder von Prostituierten. Die Kinder sind sechs Monate bis sechs Jahre alt. Danach müssen sie in ein anderes Heim. Damit unser Heim finanziell überleben kann, betreiben wir einen Kindergarten für berufstätige Eltern. Wir nehmen nur so viele Kinder auf, dass die magische Zahl 60 nicht überschritten wird. Wie sie aus ihrer Hilfsaktion für das Kinderheim „Johanka" wissen, erhalten wir monatlich vom tschechischen Staat, pro Kind nur 70 DM, das sind ca. 1.700 Kronen. Dieses Geld teilt sich in Gehälter für die 35 Angestellten und Betriebskosten des Heimes *(1,2 Kinder auf eine Angestellte - wie sieht das dagegen in Deutschland aus!)*, so bleiben den Kindern für Essen und Kleidung nur 20 DM, also 500 Kronen. Dafür können wir keine Anschaffungen, Spielzeug sowie Süßigkeiten kaufen. Wir brauchen dringend ein Auto, damit wir die Kinder zum Arzt fahren können, die neue tschechische Verkehrsordnung legt den Zwang von Kinderautositzen fest. Wir benötigen mindestens drei Kinderautositze, Kleidung, Lebensmittel, Windeln, Putzmittel, Bett- und Tischwäsche, eine neue

Telefonanlage, Gebrauchsgegenstände und alle drei Gebäude müssen von Grund auf saniert werden." Schrieb der Heimleiter Engel unverwandt.

Das Firmenauto einer deutschen Baufirma fuhr in die kleine tschechische Kreisstadt im Dreiländereck. Einzelne Gebäude waren restauriert, die meisten Häuser waren verfallen. An einer zerstörten Waldbühne, stoppte das Auto. Verdeckt durch ehrwürdige Bäume sahen die Suchenden den Turm eines Schlösschens. Sie standen vor dem ehemals deutschen, nun tschechischen Waisenhaus.

Der erste Eindruck war erschreckend. Die drei Gebäude, die jeweils 20 Kinder aufnahmen, boten trotz naturbelassenen Parks, einen erbärmlichen Anblick. Das von weitem scheinende, romantische Schlösschen, wies Wasserschäden vom Dach bis zum Keller auf. Ein Wunder, dass der Putz die Wände noch zusammenhielt.

Freundlich begrüßte Heimleiter Engel, die Sozialarbeiterin Diana und die Vertreterin vom Landratsamt die Gäste aus Deutschland. Jo und zwei Bausachverständige, die der Direktor einer Baufirma, gegen eine Spendenbescheinigung von Jos Verein zur Verfügung gestellt hatte.
Ein Maßnahmekatalog für die Erhaltung des Heimes war notwendig. Die zwei Bausachverständigen begannen mit der Aufnahme der Schäden. Besser sie stellten fest, was noch in Ordnung war und dabei konnten sie ihren Aufwand reduzieren.
In Deutschland drehten sich danach alle Räder der Bittstellung.

Unerwartet erhielt Jo einen Drohbrief der Dame vom Jugendamt.
„Sie haben schon wieder in der Öffentlichkeit für illegale Adoption geworben. Ich wurde von anderen Jugendämtern darauf aufmerksam gemacht."
Ein Ehepaar schickte Jo einen Brief und drohte mit Klage, wegen Irreführung ihrer Gefühle. Wieder kamen über 400 Briefe in der Wohnung bei Jo an. Was war geschehen?
Der Fernsehsender hatte die Sendung vom Februar wiederholt, ohne Jo darüber zu informieren und die Aussagen zur Adoption zu ändern, die Jo bereits nach der ersten Sendung beanstandet hatte.
Sie übergab alle Briefe ungeöffnet der Fernsehredaktion und diese schickte die Briefe mit einem Begleitschreiben an die Schreiber zurück. Zur Besänftigung der Amtsdame erfolgte eine dritte Sendung zur Adoptionsproblematik. Die Dame vom Amt kam zu Wort. Das, was sie sagte, war keine Neuigkeit.
„Mit Tschechien gibt es keine Verträge - also keine Adoption!"
Diesmal drehte der Fernsehsender im Heim von Engel. Frau Doktor wünschte prinzipiell keine Dreharbeiten im Waisenheim mehr. Sie wollte noch Geld aus Deutschland für die Sanierung der Gebäude haben, die alle tschechisches Staatseigentum sind.
Der Heimleiter Engel erklärte ausführlich, wie mit dem Sender abgesprochen, dass eine Adoption nicht möglich ist. Mehrere Ehepaare, die sich ein Kind wünschten, kamen zu Wort. Viele Jahre hatten sie in Deutschland auf eine Adoption gewartet, bis sie zu alt waren.
Da diese Sendung kein Spendenaufruf war, sondern nur die Adoptionsproblematik ansprach, erhielt das Heim keine Geldspenden.

Die Gründung einer internationalen Arbeitsgruppe mit tschechischen Vertretern des Heimes, der Stadt und der Landesregierung und deutschen Vertretern, unter Beobachtung der deutschen und tschechischen Botschaften, wollte die Hilfsaktion für alle Waisenkinder von Prostituierten entlang der Westeuropäischen Grenze organisieren. Das Heim von Engel sollte zukünftig der Zentralstandort und Verteilungszentrale der Hilfe für alle bedürftigen Waisenhäuser mit Prostituiertenkindern werden. Heime die Hilfsgüter benötigen, erhalten zukünftig zentral aus diesem Heim Hilfe. Dafür war die Rekonstruktion und Erweiterung des Heimes mit deutschen Sponsorenmittel geplant.

Im Rahmen einer Exkursion der Arbeitsgruppe auf die Festung Königstein überreichte der Animateur Jo ein Prospekt, mit den Worten, „ich kenne und achte ihre humanitäre Arbeit. Diese privilegierten Menschen, damit wies er auf das Prospekt eines Ritterordens werden ihnen helfen!"

Jo erfuhr, dass es in Deutschland Ritter gibt, die sich zum Ziel gesetzt hatten, Menschen in Not zu unterstützen. Sie schrieb die Ritter an und bat um Hilfe für ihre Schützlinge. Wohlwollend wurde ihre Bitte geprüft. Sie erhielt eine Einladung dem Ritual des „Ritterschlages", beizuwohnen. Sie erhielt die Empfehlung, Mitglied des Ordens zu werden. Wodurch sie einen größeren Schutz und Hilfe durch die Ordensgemeinschaft erhält. Jo entschied sich zugunsten ihres Hilfsprojektes dem Orden beizutreten. Sie durfte die Zeremonie miterleben. Zukünftige Ritter erhalten eine Knappenweihe und wenn sie sich bewährt haben, werden sie zum Ritter geschlagen.

Die Delinquenten, die sich auf ihre Mission als Knappen und Ritter vorbereiteten, befanden sich in einen abgelegenen finsteren Raum der Wasserburg.

Alle weltlichen Habseligkeiten wurden abgelegt, im symbolischen Büßerhemd standen sie sich gegenüber, unter ihnen Jo. Von fern erklangen mystische Gesänge der Ritter des Mittelalters. Der Zeremonienmeister kündigte die ankommenden Ritter und Gäste durch Aufstoßen des Zepters laut an. Immer wenn er mit dem Zepter aufstieß, schlugen die Herzen der in der Kammer Wartenden bis zum Hals. Jo erhielt ihre Knappenweihe und durfte sich danach „Dame de Grace" nennen. Das Oberhaupt des Ordens erklärte sich sofort bereit die Arbeitsgruppe rein symbolisch zu leiten. Er verfügte, dass Jo in seinem Auftrag agieren darf. Damit sollte verhindert werden, dass das Kinderheim geschlossen wird, denn die tschechische Gemeinde hatte beschlossen, für das Waisenhaus, das eine Belastung und Schandfleck war, einen Käufer zu finden.

Der tschechische Botschafter in Berlin schickte, kein nichts sagendes Antwortschreiben, sondern bot Pani Jo konkrete Hilfe für das Waisenheim an. Er hatte in Berlin zu einem vorweihnachtlichen Abend eingeladen. Höhepunkt war der Auftritt des Bundestagskabaretts, mit dem Anliegen, eine Spendensammlung für die Erhaltung des Waisenheimes durchzuführen. Er richtete an Jo die Bitte seinen Besuch am 8. Januar im Kinderheim vorzubereiten.
Der Grenzort war vollkommen aus dem Häuschen, der Botschafter der in Berlin Tschechien vertritt, sollte in das Grenzstädtchen kommen. Die Bürger standen hinter den Gardinen ihrer Fenster, um den hohen Gast zu sehen. Der Bürgermeister hatte die Straßen der Stadt nochmals gründlich reinigen lassen. Im Kinderheim waren inzwischen die Gäste aus Deutschland angereist, die von den zwei Bürgermeistern, dem Landrat und den Damen des Kreisamtes begrüßt wurden.

Alle saßen in dem schlichten Aufenthaltsraum des Kinderheimes und warteten. Die Tür öffnete sich, der Heimleiter und die Sozialarbeiterin traten ein, hinter ihnen folgte eine junge Frau mit einem Aktenkoffer. Da stand der Botschafter im Türrahmen, ein stattlicher älterer Herr, seine dunkelbraunen Augen waren Vertrauens einflößend, warm und herzlich. Er hatte die Herzen der Arbeitsgruppe im Sturm genommen. Alle schauten sich freundlich an und waren zuversichtlich, das Kinderheim erhalten zu können. Ganz unspektakulär reichte er den Anwesenden die Hand und bedankte sich bei Pani Jo für die Einladung zur Sitzung der Arbeitsgruppe. Der Heimleiter sprach über die Situation des Waisenheimes, seine Sorgen und Wünsche. Der Botschafter hatte die Bitte die Häuser des Kinderheimes, den Park und die Kinder zu sehen. Liebevoll strich er über die kleinen Köpfe der Schutzbefohlenen. Manch Kinderherz wünschte sich so einen lieben Großvater. Nach dem Rundgang bat der 1. Bürgermeister die Gäste, in die neu renovierte Stadtbibliothek zur Beratung. Pani Jo eröffnete die Beratung der Arbeitsgruppe. Der Bürgermeister begrüßte noch einmal den prominenten Gast des Auswärtigen Amtes in seiner Stadt. Der Vertreter des Ordens stellte die Konzeption der Stiftung vor, die Jo vorbereitet hatte und bat den Botschafter um Mitarbeit im Stiftungsrat. Der Botschafter bedankte sich für die Ehre und erklärte seine Bereitschaft.
Er übergab der Arbeitsgruppe die Spende von der vorweihnachtlichen Veranstaltung, „Der Wasserwerker", in der Tschechischen Botschaft Berlin. Pani Jo reichte er die Hand und sagte, „ich bedanke mich für ihre humanitäre Hilfe für die Waisenhäuser in Nordböhmen."

Er versprach die Beantragung der Fördermittel beim "Deutsch-Tschechischen Zukunftsfonds" in Prag zu unterstützen.
Nochmals ergriff der 1. Bürgermeister das Wort und erklärte, „die Gemeindevertreter haben mir die Genehmigung erteilt, 600.000 Kronen für die Dachsanierung des Waisenheimes zur Verfügung zu stellen!" Alle klatschten Beifall. Nach der Beratung reiste der Botschafter nach Prag weiter.

Die in Deutschland, Pani Jo für die Spendenaquise zur Verfügung stehenden elf TDM, wurden dem Heimleiter für das separate Konto der Arbeitsgruppe übergeben, um bei der Beantragung von Fördergeldern beim Deutsch-Tschechischen Zukunftsfonds für die Baumaßnahmen nachzuweisen, dass ausreichend Eigenkapital vorhanden war. Förderungen vom Fond in Prag wurden nur ausgereicht, wenn ein Konto, mit ausreichendem Eigenkapital, in Tschechien vorhanden war. Damit hatte Jos Verein in Deutschland zur Absicherung der Spendenaquise keine Mittel mehr, sie mussten wieder auf private Ersparnisse zurückgreifen.

Eine regionale Radiostation startete auf Jos Bitte einen Hilferuf für das Waisenheim. Viele Hilfstransporte von Sponsoren, die das Maß des Bedarfs dieses Kinderheimes weit überstieg, wurden von Jo und dem Verein in das Kinderheim geleitet.
Als Gegenleistung wollte der Heimleiter die nicht benötigten Hilfsgüter an andere tschechische Kinderheime weitergeben.
Mehrmals fuhr Jo mit ihrem neuen PKW, auf Privatkosten ins Heim und übergab Spenden, die bei ihr mit der Post angekommen waren.

Die Sozialarbeiterin Diana glich nicht nur mit ihrer Frisur, sondern auch mit ihrer Figur der Prinzessin von Wales. Jo blödelte, während sie in dem kleinen Büro dieser sympathischen Frau saß und die Bilder vom Weihnachts-, Faschingsfest der Kinder ansah, für die sie ihr ganzes Herzblut gab, um die traurigen Schicksale zu verkraften.
Selten sah sie die Kinder persönlich, nur wenn Medien darum baten oder bei außergewöhnlichen Besuchern, wie der Botschafter.
Jo sagte, "Diana, du siehst aus wie die „Princessna!"
Diana antworte verschmitzt, „ ano, Matka Theresa!"
Beide Frauen hatten Sympathie füreinander.
Diana kochte Jo bei ihrem Eintreffen mit Spenden, nachdem sie vier Stunden mit dem Auto unterwegs war, immer erst eine Tasse Kaffee, zur Stärkung vor der Rückreise. Das war die einzige Gegenleistung, die Jo für ihre Hilfe in diesem Kinderheim erhielt und sie war Diana dafür dankbar!
Sponsoren, ein Zahnarztverein aus Mitteldeutschland, hatte Jo gebeten zwei Tage zum Kinderheim zu kommen, über das Kinderheim zu berichten und Geld in Empfang zunehmen. Sie erfüllte die Bitte, ungeachtet ihrer Freizeit, obwohl sie dafür nicht zuständig war, sondern ganz allein das Hilfe suchende Waisenheim. Der Zahnarztverein entschied das Geld nicht dem Heim zu übergeben, sondern auf das deutsche Vereinskonto zu überweisen. Jo und ihr Team trafen sich mit den Sponsoren im Kinderheim, sie musste zusätzlich noch die Übernachtungskosten tragen, die ihre ehrenamtliche Hilfe weit überstieg.
Der Heimleiter sprach plötzlich nicht mehr deutsch. Er hielt es nicht für notwendig einen Dolmetscher zu bestellen. Jo übersetzte das Gesagte. Er sprach über die Not der Waisenkinder, dass er ein Auto, da der alte PKW

nicht mehr fahrtüchtig war, ein neues Kommunikationssystem, Kleidung und Lebensmittel benötigt. Jo legte ihm und den Sponsoren die Papiere für einen Kleinbus, der günstiger war als ein PKW, für den Krankentransport der Heimkinder und Spendenaquise vor. Der Heimleiter nahm die Kopie des Fahrzeugbriefes an sich. Er war sichtlich mit dem Kauf einverstanden. Er erhielt zwei Aufkleber, des Zahnarztvereins, mit der Bitte das Auto zu beschriften, gesponsert von...
Der Heimleiter hatte wenig Interesse mit den Zahnärzten und Jos Team den Abend im Hotel zu verbringen. Die Vertreter des Zahnarztvereins aus Mitteldeutschland waren mit ihrem Auto angereist, das von einem tschechischen Bediensteten des Hotels die ganze Nacht bewacht werden musste. Hingegen Jos Auto stand unbewacht im Dunklen.
Die Sponsoren erklärten, dass für die Waisenkinder Lebensmittel gekauft werden und der gesundheitsgefährdende Bauzustand verändert werden muss. Dafür wollten sie 15 TDM spenden, Geld, das vom Zahngold ihrer Patienten stammt.

Der Heimleiter erzählte am nächsten morgen den Sponsoren aus dem Zusammenhang heraus, dass er nicht allen Helfern aus Deutschland trauen kann. So sagte er, plötzlich auf perfektem Deutsch, „ich habe dem Hilfsdienst des Ordens 1000 DM für einen Spendentransport aus Deutschland gegeben, und die haben mir nur alte schmutzige Sachen gebracht und das Geld nicht abgerechnet."
Die Gäste waren empört, und fragten, „warum lassen sich diese Leute den Transport bezahlen?"
Jo erklärte die Situation. Am 2. Feiertag reiste der Hilfsdienst des Ordens mit Sommerreifen nach Sachsen, im Gepäck 130 Spendenkisten.

Die Witterung war umgeschlagen und es herrschte Blitzeis. Eine Weiterfahrt ins Gebirge zu dem Kinderheim mit der großen Last war nicht möglich, deshalb wurden die Kisten in Sachsen zwischengelagert. Um die Schleckereien an die Kinder und die Präsente für die Mitarbeiter des Kinderheimes zu bringen, fuhren die Ordensvertreter und Jo, mit ihrem winterfesten PKW ins Kinderheim und übergaben die Geschenke. Diese wurden in der Kanzlei gelagert, Kinder sahen die Gäste nicht. Der Heimleiter war verärgert, seinen gesamten Hilfstransport nicht erhalten zu haben. Er bestätigte die Überweisung von 1000 DM für die Transportaufwendung des Ordens von Jos deutschen Vereinskonto innerhalb von Deutschland und bat um eine detaillierte Kostenabrechnung. Jo entstanden durch den Weitertransport der 130 Kisten erneut Transport- und Zollkosten von 600 DM. Geld, das der Heimleiter gern auch noch auf das Sonderkonto gelegt hätte.

Jo kaufte im Auftrag des Zahnarztvereins und Heimleiter Engel den abgestimmten Kleinbus, dessen Kopien der Fahrzeugdaten der Heimleiter in seinem Schreibtisch hatte. Der Kleinbus wurde nach Wunsch des Heimleiters mit Kindersitzen versehen und nachgerüstet, beschriftet, in Deutschland versichert und zugelassen.
Dann erhielt das Kinderheim die gewünschten Lebensmittel, Kleidung, Ausstattung sowie die notwendige Kommunikationstechnik zur Erneuerung der veralteten Telefonzentrale.
Die Bedarfsliste des Kinderheimes überstieg bei Weitem die Spendensumme des Zahnarztvereins aus Mitteldeutschland. Jo unterrichtete die Vereinsmitglieder in Mitteldeutschland ständig über die Anschaffungen und übergab vom Heimleiter unterzeichnete Übergabeprotokolle.

Der Zahnarztverein erhob plötzlich Beschwerde gegen die Anschaffung der PCs zur Erneuerung der Kommunikation, die als Internetverbindung nach Deutschland, von den Bauspezialisten, für den Bau als effektiv und preiswerter als eine Kabelverbindung angesehen wurde.

Die Antragstellung beim Deutsch-Tschechischen Zukunftsfonds wurde nur von Jo und ihrem Team vorbereitet. Nach den Angaben der Bausachverständigen konnte ein Bedarf von 1,5 Millionen DM ermittelt werden, mindestens 25 % mussten als finanzieller Eigenanteil des Kinderheimes, auf dem Sonderkonto liegen.

Um diese Probleme zu beraten, erklärte sich die Deutsche Botschaft in Prag bereit Unterstützung zu geben. Dafür fand eine Beratung der Arbeitsgruppe im Rathaus in Nordböhmen statt. Eingeladen waren; eine Vertreterin der deutschen Botschaft, Vertreter der sächsischen Kirche, der Bürgermeister, Heimleiter, Jo und Mitglieder des Vereins.

Die Botschaftsvertreterin bat den Verein, sie vom Zug aus Prag in Decin abzuholen und mit dem Bus ins Kinderheim zu fahren. Sie lobte die gute Ausstattung des Fahrzeuges für das Kinderheim und das Summen des Dieselmotors, das sie als angenehm empfand. Vor Beginn der Beratung begutachteten alle den neuen Kleinbus.

Die Bewohner der Kleinstadt blieben stehen, „Kinder Haus" gesponsert vom Zahnarztverein aus der BRD. Der Bürgermeister beauftragte den Heimleiter Engel, ihm für die Zollbehörde eine Kopie des Fahrzeugbriefes von dem Kleinbus zu übergeben.

In der Beratung berichteten, der Heimleiter und Pani Jo, von dem Besuch der Vereinsmitglieder des Zahnarztvereins und dem Verwendungszweck der 15 TDM Spende.

Es wurde im Protokoll festgelegt;
Die 15 TDM sind wie folgt zu verwenden:
5,5 TDM für den Kauf des Busses und 9,5 TDM für Lebensmittel und die Bausanierung des Kinderheimes.
Die Botschaftsvertreterin erklärte, „es müsste so schnell wie möglich ein Termin in Prag verabredet werden. Dazu ist es notwendig, dass vor allem der Heimleiter, als Betreiber, endlich eine Zuarbeit liefert, er habe schließlich die Verantwortung für die Kinder und den Nutzen!"
Sie erklärte weiter, „um die 25-%-Co-Finanzierung zu erreichen ist es notwendig das Eigenkapital des Heimes, unabhängig vom separaten Darlehenskonto, aufzustocken!"
Dazu empfahl sie, dass der Heimleiter eine Liste, des gesamten Jahresbedarfes an Lebensmitteln, Kleidung und Geräten erstellt. Um damit eine weitere gezielte Spendensammlung in Deutschland vornehmen zu können. Das dafür eingesparte Geld wird das Eigenkapital für die Reparaturarbeiten erhöhen. Dann hat der Bürgermeister 600.000 Kronen für die Dachsanierung zugesagt, wie sie das aus dem Protokoll der Beratung mit dem Botschafter ersehen hat, so kommen wir der erforderlichen Eigenkapitalsumme näher."
Der Bürgermeister konnte sich an diese Zusage nicht mehr erinnern! Er erklärte Probleme mit der Kreisreform zu haben. Damit war die Bausanierung des Kinderheimes bereits ein Auslaufmodell! Der sympathische tschechische Botschafter war inzwischen in Rente gegangen, sein Nachfolger arbeitete sich in Berlin erst ein.
Die angereisten deutschen Kirchenvertreter schüttelten die Köpfe über die Gedächtnislücken der Stadtobrigkeit, die Hilfe ohne Gegenleistung haben wollten. Sie teilten nach ihrer Abreise schriftlich mit, dass sie andere seriösere Hilfsprojekte in Tschechien unterstützen, eine Hilfe für das Heim ist nicht vertretbar.

Auch die Botschaftsmitarbeiterin schrieb später, „ich habe nach der Beratung das Scheitern des Hilfsprojektes vorausgesehen."

Der Heimleiter legte in der Beratung ein Kontenblatt des Sonderkontos vor, das nur noch 9,5 TDM auswies, statt der übergebenen 11 TDM. Er erklärte mit dem Geld notwendige Ausgaben bestritten zu haben, die er in der nächsten Beratung abrechnen wolle. Dazu hatte er weder das Recht noch die Erlaubnis!
Für die von der Arbeitsgruppe geforderte gezielte Spendensammlung, die den Jahresbedarf des Heimes abdecken sollte sowie die weitere Anschaffung von Gebrauchsgegenständen, Lebensmittel, Kleidung, für das Heim, sollten nach Festlegung der Beratung, nunmehr die 9,5 TDM des Zahnarztvereines verwendet werden. Auf das verbliebene Geld in gleicher Höhe (9,5 TM) vom Sonderkonto, das der Heimleiter unberechtigt abgehoben hatte, durfte nicht mehr zurückgegriffen werden, weil es die Rücklage für den Eigenkapitalnachweis für Prag war. Der Zahnarztverein nahm das zur Kenntnis. Er erhielt nach der Beratung ein Übergabeprotokoll, über Waren, die mit dem Bus transportiert wurden und ein Bild, das den Heimleiter mit Diana vor dem neuen, mit ihrem Logo beschrifteten Bus zeigte.
Der Heimleiter arbeitete das erste Mal zu und übergab Anfang Mai die Jahresbedarfsliste, nachdem er von Jo, in einem weiteren Spendentransport, die bestellten zwei Computer für die Büro Kommunikation der Heim- und Bauleitung, in Empfang genommen hatte. Er reichte nach einem halben Jahr, Bitten und Betteln von Jo keine Zuarbeit für die Beantragung der Fördermittel an den Deutsch-Tschechischen Zukunftsfonds nach Prag ein, wofür ihm das Darlehen von 11 TDM zur Verfügung gestellt worden war.

Wovon er 1,5 TDM verbraucht hatte und darüber nie einen Nachweis vorlegte.

Dieses Mal beschwerte er sich bei Vertretern des Ordens, dass er von Pani Jo, um 15 TDM gebracht worden sei. Der Hilfsdienst des Ordens kannte seit dem Konflikt mit dem Spendentransport der 130 Kisten die Zusammenhänge mit dem Bus nicht.

Es war eine Forderung des Zahnarztvereins, den Orden das Geld nicht anzuvertrauen. Der Zahnarztverein hatte dem Heimleiter eine Klage zu der fehlenden Abrechnung der 1000 DM für den Spendentransport der 130 Kisten des Ordens empfohlen, der seinen Bestimmungsort nicht erreichte!

Die Ordensvertreter nahmen Rücksprache mit dem Zahnarztverein, der wiederum angeblich nichts über die Zusammenhänge mit dem Bus wusste.

Daraufhin erfolgte eine Rückfrage des Ordens an Jo. Diese war über solch eine Intrige und die Undankbarkeit des Heimleiters verärgert, sie stellte den Heimleiter zur Rede.

Dieser schrieb scheinheilig, „ich verstehe ihre Frage nicht. Das Waisenhaus und die Stadt wissen, was sie für eine große Hilfe geleistet haben. Wenn sie Probleme mit dem Orden haben, müssen sie das mit dem Orden klären!"

Für die Stadt hatte Jo die Rekonstruktion der Waldbühne ins Auge gefasst. Dazu schrieb sie renommierte Fußballvereine in Deutschland an, die eine neue Bestuhlung vorgenommen hatten, in Sachsen fand sie dazu offene Ohren. Auch mit der Geschäftsleitung einer Europaschule hatte sie Kontakte zu dem Bürgermeister und Landrat aufgebaut. Diese Sponsoren wollten Vorhaben der tschechischen Kreisstadt unterstützen.

Jo und die aktiven Mitglieder ihres Vereins waren so verärgert, dass sie planten, den Bus Anfang Juni mit dem vollständigen Jahresbedarf für das Kinderheim zu übergeben und die Zusammenarbeit damit zu beenden. Innerhalb eines Monats hatte Jo mit Unterstützung des Vereins die Jahresbedarfsliste des Kinderheimes abgearbeitet. Mit welchem großen Aufwand diese Bedarfsliste abgearbeitet wurde, interessierte die Beschenkten nicht. Der Heimleiter bestätigte lediglich die Entgegennahme von Waren, inklusive Bus im Wert von 41,6 TDM. Der Zahnarztverein erhielt eine Kopie der Übergabelisten, der Wert überstieg die gesponserte Summe von 15 TDM. Durch die Übernahme der Güter von 41,6 TDM hatte der Heimleiter Engel seine geplanten Jahreskosten eingespart, die nur mit 30 TDM für Lebensmittel und Kleidung geplant waren. Er konnte das eingesparte Geld anderweitig verwenden.
Der Bau war von der tschechischen Seite ein Vorwand. Der Heimleiter wollte nur Geld aus Deutschland. Jos Hilfeaktion hatte für das Waisenheim einen Gesamtgewinn von 82,6 TDM erzielt. Der Heimleiter blieb auf dem Standpunkt von Pani Jo betrogen wurden zu sein und verlangte nochmals 9,5 TDM. Der Zahnarztverein bemühte einen Anwalt, die Polizei, Staatsanwalt und die Presse, um Jo nachzuweisen, dass sie die 9,5 TDM unterschlagen hat.

Jo schrieb dem tschechischen Landratsamt, das den Kontakt zu diesem Kinderheim hergestellt hatte, "wir bitten die gesamte Spendenverwendung des Kinderheimes zu überprüfen!"
Ihr wurden plötzlich die Worte des zweiten Bürgermeisters der tschechischen Gemeinde bewusst. Die er äußerte, nachdem der Heimleiter einräumte, sich an dem Sonderkonto bedient zu haben.

Jo hatte den zweiten Bürgermeister beruhig, dass das Geld nur mit zwei Unterschriften, Heimleiter Engel und ihrer abgehoben werden kann. Deshalb hatte Jo nunmehr auch die Sperrung und Überprüfung des Kontos über das Kreisamt veranlasst.

Es war im Laufe der Zeit zu beobachten, dass der Heimleiter, der anfangs so sehr die Restaurierung der Gebäude in den Vordergrund stellte, an dieser gar nicht interessiert war, sondern an den Finanzierungsmitteln. Zu einem Vertrag kam es nie, es erfolgte keine Eigeninitiative. Zuarbeiten beschränkte sich auf Forderungen, Bettelbriefe, Bedarfslisten und Bestätigung des Empfanges von Spenden. Nur Pani Jo und ihr Team waren für das Kinderheim ehrenamtlich ohne jegliche Hilfe auf eigene Kosten aktiv geworden. Sie hatten viele Vereine und Sponsoren in Deutschland gebeten, die Bauvorbereitungen zu fördern.

Der Heimleiter Engel war ein schlanker drahtiger Mann, geschieden, ab und zu durfte er seine Kinder sehen. Er erzählte, „ich habe in der Innenstadt ein Bürgerhaus erworben. Der Blick vom Fenster ist genau auf das Bordell", fügte er lachend hinzu. Jo wusste aus den Bauunterlagen, dass sein Gehalt für eine derartige Investition zu gering war, er erhielt 60.000 Kronen Jahresgehalt, das waren umgerechnet ca. 3.000 DM. Hatte er geerbt?

Die Busübergabe mit Spenden war für Juni geplant. Morgens 8.00 Uhr wurden der Kleinbus und Jos PKW mit weiteren Spenden beladen. Zwei Vertreter der Tageszeitung mit den vier großen Buchstaben warteten schon. Die Fahrt der voll beladenen Pkws und des Kleinbusses verlief ohne Probleme. An der Grenze kontrollierte der Zoll die Unterlagen und Spendengüter,

ohne Beanstandung. Der Fotograf der Zeitung dokumentierte diese Kontrolle und den ganzen Tag.
Der erste Stopp fand in einem Kinderheim vor den Toren der Kreisstadt von Engels Waisenheim statt, das Jo auf Wunsch des Landratsamts zusätzlich betreuen sollte. Die Kinder warteten hinter den Fenstern auf die Gäste aus Deutschland. Der Dolmetscher und die Heimleiterin erklärten das Prinzip des Zusammenlebens in diesem Kinderheim. Ältere Waisenkinder betreuten die Kleinen, die nicht jünger wie fünf Jahre waren.
Nach einer Besichtigung des gepflegten, aber zu kleinen Heimes, führten die Kinder ein Kulturprogramm vor und übergaben den Gästen gebastelte Geschenke. Beim Abschied wurden der Heimleiterin 200 DM, Geschenke und Kleidung übergeben.
„Das Heim braucht dringend Geld. 200 TDM würden ausreichen, für Computer und den Ausbau des Dachgeschosses. Die Kinder haben nach Verlassen des Heimes keine Chancen, die meisten Mädchen haben das gleiche Schicksal wie ihre unbekannten Mütter!", erklärte die Heimleiterin beim Abschied. Der Dolmetscher bestätigte, „von dem Heimleiter Engel, haben wir nie ein Spendengut aus Deutschland erhalten." Wo waren die Kleidungsstücke für die größeren Kinder geblieben, die im Kinderheim von Engel für alle Kinder eingelagert wurden?

Zehn Minuten später, in Engels Kinderheim angekommen, begrüßte nur die Sozialarbeiterin Diana, Jo und die Pressevertreter.
Sie erklärte, „Herr Engel ist eigenartig geworden, er schließt auch vor mir alles ein".
Zwei Stunden warteten alle auf den Heimleiter. Als er kam, war er unnahbar. Der Zeitungsschreiber sagte zu Jo, „dieses Heim ist ein großer Unterschied zu dem

ersten Kinderheim. Sie kamen dorthin das erste Mal und wurden freundlich begrüßt. In dieses Heim haben sie so viel Spenden gebracht und werden nicht zur Kenntnis genommen - eigenartig."
Engel genehmigte die Besichtigung der Räume und Fotoaufnahmen, er nahm selbst daran nicht teil. Die Zeitungsvertreter verabschiedeten sich und fuhren wieder nach Deutschland. Die Sozialarbeiter entluden inzwischen mit Jo den Jahresbedarf an Lebensmitteln, mehrere Paletten Mehl, Fertignahrung, Kinderwagen, Kleidung und weitere technische Geräte aus dem Kleinbus. Der Heimleiter bestätigte die Entgegennahme. Jo übergab ihm die Autoschlüssel des Busses und erklärte. „ich melde morgen den Bus in Deutschland ab und nach Abmeldung der Zulassung erhalten sie das Original des Kraftfahrzeugbriefes."
Sie habe bereits alle erforderlichen Busdaten an ihren Bürgermeister weitergeleitet, nachdem er diese in seiner Beratung mit der Botschaftsmitarbeiterin gefordert hat?"
Zwei Tage später war der Heimleiter im Besitz der Buspapiere, die er in Kopie seit dem Besuch des Zahnarztvereins aus Mitteldeutschland, in seinem Schreibtisch hatte.

Jo erwartete noch am gleichen Tag einen Hilfstransport, den die Polizeikameraden ihres Onkels Rudolf für das Kinderheim vorbereitet hatten. Sie durfte sich nicht im Heim aufhalten, sondern musste mit ihren Helfern im Gasthof warten. Als der Hilfstransport der deutschen Polizeikameraden mit ihren tschechischen Partnern sehr spät am Abend eintraf, half Jos Team den riesengroßen Laster zu entladen. Der Hilfstransport brachte unter anderem die Einrichtung für die Bauleitung mit. Schwere Eichenmöbel, die ein Radiosender für Jos Baubüro zu Verfügung gestellt hatte. Die Möbel für die Bauleitung

waren so schwer, dass diese nur mit Hilfe von Hydraulik zu transportieren waren. Sie freute sich über diese problemlose Hilfe und das persönliche Kennen lernen insbesondere mit dem netten Initiator, den sie nur vom Telefon und aus Briefen kannte. Dieser bemerkte mit seinem polizeilichen Spürsinn, dass Jo traurig war und auch die Sozialarbeiterin Diana bedrückt wirkte. Er nahm erstaunt zur Kenntnis, dass Pani Jo ihre Arbeit einstellen wollte. Er konnte die Beweggründe nachvollziehen. Jo bat den Vertreter der tschechischen Polizei die Autoschilder vom Kleinbus zu entfernen, damit diese in Deutschland entstempelt werden können.
Nach dem Entladen des Hilfstransporters suchten sich die Polizeikameraden ein Hotel. Das hatte der Heimleiter Engel versäumt zu organisieren. Jo fuhr kurz vor Mitternacht mit ihrem Team nach Deutschland zurück. Schon am frühen Vormittag erledigte sie die Abmeldung des Busses und brachte die Papiere nach Tschechien auf die Post zur Weiterleitung in das Kinderheim.

Einige Tage später erhielt sie einen Brief von der Hilfsorganisation der Polizei, mit einem Bericht über die Geschehnisse nach ihrer Abreise. Die drei Polizisten und ihr tschechischer Begleiter hatten die Nacht auf eigene Kosten in einem Hotel verbracht. Als sie am nächsten Morgen gegen 10.00 Uhr das Kinderheim aufsuchten, waren die schweren Möbel für die Bauleitung nicht mehr da.
Dann hatten sie den Wunsch geäußert, die Heimkinder zu sehen und ihnen Süßigkeiten zu übergeben. Der Heimleiter erklärte den Polizisten. „Die Kinder bekommen gleich Mittagessen, davor dürfen sie nichts Süßes essen."
Diese Aussage verstanden die internationalen Ordnungshüter nicht. „Es ist erst 10.00 Uhr?"

Erst nach Einschreiten der Sozialarbeiterin Diana genehmigte der Heimleiter Engel den Besuch der Kinder, für deren Wohl, die Polizisten den Transport übernommen und die Süßigkeiten mitgebracht hatten. Sie wollten wenigstens als Dank die glücklichen Kinderaugen sehen. Der Heimleiter sprach weiter, „ich habe Anweisung niemanden zu den Kindern zu lassen. Die Heimleitung wünscht keine Besichtigung des Kinderheimes!"
„Wer ist die Heimleitung?"
„Die Heimleitung ist der Orden", erhielten die Polizisten zur Antwort.
Nach dem Verbleib der Spenden gefragt, erklärte der Heimleiter, „ich habe alles für den Orden sichergestellt, denn diese Sachen müssen in dessen Beisein nochmals verzollt werden."
Nun waren die Ordnungshüter, die in Begleitung eines Vertreters der tschechischen Polizei waren, vollkommen sprachlos. Dachte der Heimleiter Engel, er könne die Polizei hinters Licht führen? Warum hatten sie, nach dem Grenzübertritt beim tschechischen Zoll über mehrere Stunden bis zum Einbruch der Dunkelheit warten müssen, um den Spendentransport überprüfen zu lassen. Was lief hier gänzlich schief? Über die Geschehnisse in diesem Kinderheim berichteten die Polizisten der deutschen und tschechischen Botschaft und baten um Überprüfung.
Das erste Mal seit ihrem Engagement setzte sich eine andere Hilfsorganisation für Jos Interessen ein. Jo war prinzipiell die Ansprechpartnerin für Menschen in Notsituationen geworden. Traten Probleme auf, hatte Jo persönlich diese ständig auszubaden. Sie wurde für ihre aufopferungsvolle unendgeldliche Hilfe ständig zum Sündenbock gestempelt.

Nun stand ihr ein Schutzengel, der Initiator der Hilfsorganisation der Internationalen Polizei, zur Seite. Nach dem Bericht der Polizei zog Jos Verein die Antragstellung der 1,5 Millionen DM für die Baumaßnahmen am Kinderheim beim Deutsch-Tschechischen Zukunftsfonds in Prag zurück.

Daraufhin holte der Heimleiter Engel zum Gegenschlag aus. Jo erhielt von dem Zahnarztverein einen Brief. „Wie uns der Heimleiter Engel mitteilte, haben sie unsere Spende von 15 TDM nicht auf das Heimkonto überwiesen. Wir geben ihnen zwei Wochen Zeit dies nachzuholen!"
Jo antwortete sofort und erklärte die Zusammenhänge. Wieder ein Brief aus Mitteldeutschland, dem ein Brief vom Heimleiter Engel beilag. Er hatte die Sponsoren darüber informiert, dass der Bus in Tschechien nicht zugelassen wird. Jo solle diesen wieder nach Deutschland holen, auch habe er keine Papiere und keine Zollbestätigung für den Bus und dann hätte er nur alte Sachen erhalten. Die Spendenübersicht, über das fabrikfrische Mehl und die Fertignahrung mit einem Haltbarkeitsdatum von einem Jahr, sei oberflächlich.
Wieder beantwortete Jo umgehend die Schreiben. Daraufhin erhielt sie, vom Zahnarztverein um Mitternacht ein Fax, mit der letzten Aufforderung dem Kinderheim das Geld zu überweisen. Ein Schreiben des Zahnarztvereinsanwalts folgte mit der dringenden Aufforderung endlich das Geld auf das Kinderheimkonto von Engel zu überweisen.

Was wollte der Heimleiter eigentlich. Er konnte nach der Kündigung des Deutsch-Tschechischen Zukunftsfonds über das Sonderkonto verfügen. Also war es ihm ein Leichtes, nach der Freigabe durch die tschechischen

Kreisverwaltungsorgane, die 9,5 TDM auf sein Kinderheimkonto zu transferieren. Wie erst später festgestellt wurde, war das Konto kein Sonderkonto, sondern der Heimleiter hatte das Konto, mithilfe der Bankangestellten auf seinen Namen eingerichtet und konnte sich jederzeit am Darlehenskonto bedienen. Deshalb hatte er bereits weitere 1 TDM abgehoben. Das Konto von 11 TDM war auf 8,5 TDM geschmolzen. Was wäre geworden, wenn er die Summe von 1,5 Millionen DM vom Deutsch-Tschechischen Zukunftsfonds auf dieses Konto überwiesen bekommen hätte?

Wieder nahm Jo alle Unterlagen. Die Berichterstattung der Internationalen Polizei Hilfsorganisation an die Botschaften nach Prag und den Artikel der Zeitung "Der Engel der E 55 Waisenkinder", der über Jos Aktivitäten; den Besuch in zwei Kinderheimen, die Dankbarkeit der Kinder und die Übergabe der Spenden, Mehl, Nahrungsmittel, Kleidung, Kinderwagen, PC-Technik und einen Kleinbus, den Lesern berichtet hatte und schickte diese Unterlagen dem Zahnarztverein. Sichtlich war der Zahnarztverein in Mitteldeutschland damit beruhigt!

Der neue Botschafter schickte Jo, dem Zahnarztverein und der Hilfsorganisation der Internationalen Polizei den Abschlussbericht und die tschechische örtliche Polizei legte ein Protokoll des Spendenverbleibs bei.

Spender von	Übergabe-Protokolle an Engel	Tschechischer Polizeibericht (Geschönt!)
Pani Jo	11.000 DM	6.000 DM
Orden	3.000 DM	3.000 DM
Botschafter	500 DM	500 DM
Summen	14.500 DM	9.500 DM

Der geschönte Polizeibericht ergab eine Differenz von 5 TDM. Wo war ein Teil des Darlehens geblieben?
Dann schrieb der neue Botschafter.
„Es freut mich zu berichten, dass wir keine Unregelmäßigkeiten festgestellt haben(!?) Ich bedaure, dass es zu keinem Vertrag zwischen dem Heim und der Arbeitsgruppe gekommen war. Auch gab es über die Spendenverteilung keine einheitliche Auffassung. Ich hoffe, dass dieses Problem schnell geklärt wird und den Waisenkindern weiter geholfen werden kann."
Damit waren Jo und die deutschen Vereine, die Unregelmäßigkeiten festgestellt hatten – Lügner! Waren sie das wirklich?

Jo wurde als Beschuldigte aufgefordert zum Polizeirevier, zu kommen. Eine Frau hatte sie wegen Spendenbetrug im Kinderheim "Johanka" angezeigt. Sie wollte wissen, dass Jo 50 TDM, bestimmt für das Heim, privat behalten hat. Diese Frau hatte den Artikel der Rheinischen Zeitung nicht richtig gelesen, in dem zu lesen stand; „der tschechische Botschafter übergab der Chefärztin einen Scheck von 50 TDM direkt im Kinderheim!"
Jo erinnerte sich an diese sonderbare Person. Die sich als eine französische Übersetzerin ausgab und mit ihren Studenten für die Waisenkinder Spenden sammeln wollte. Damit sie sicher ist, dass die Spenden auch wirklich in dem Heim ankommen, wollte sie die Spenden persönlich übergeben. Jo erklärte sich bereit diese Frau in ihrer Wohnung aufzunehmen und sie zum Kinderheim zu fahren. Diese Frau reiste nicht alleine an, sondern brachte ihre zwei Kinder mit. Ein ewig schreiendes Baby und einen Teenager. Sie hatte auch Spenden in ihrem Handgepäck. Von Jo verlangte die Frau mit ihrer großen Tochter ins Kinderheim Johanka gefahren zu werden. Jo erklärte ihr, dass Frau Doktor keine Besuche wünsche,

sie könne ihre Spende in einem anderen Kinderheim abgeben. Die Frau war widerwillig einverstanden. Jos Schwester und Andreas kümmerten sich den Tag über um das schreiende Baby. Sie fuhr die Fremde mit deren Tochter ins Kinderheim von Engel. Auf der Fahrt machten sie Zwischenstation in der Sächsischen- und Böhmischen Schweiz. Jo wollte damit dem junge Mädchen einen schönen Ausflug bieten. Die Frau entschied sich mit ihren Kindern länger bei Jo zu bleiben und einen Urlaub anzuschließen. Jo war dieser Besuch über längere Zeit nicht angenehm. Sie bot der Frau an, den Urlaub im Campingwagen des Vereins zu verbringen. Die Tochter war Feuer und Flamme. Sie hatte bereits Kontakt zu den Kindern auf dem Campingplatz aufgenommen. Nein so einen Urlaub wollte die Fremde nicht. Sie erzählte den Campingplatzbewohnern was für eine liederliche und durchtrieben Person Jo sei. Danach forderte sie von Jo ihren Urlaub weiter in der Stadtwohnung zu verbringen. Sie wolle sich Jos Heimatstadt ansehen, deshalb sei sie gekommen. Als Jo ablehnte, reiste sie verärgert mit ihren Kindern ab. Die Polizei ermittelte nach der Anzeige wegen Spendenbetrug. Jo übergab alle Unterlagen und Buchungsvorgänge, vom Kinderheim Johanka und dem Kinderheim von Engel. Die Staatsanwaltschaft stellte nach Prüfung der Unterlagen das Verfahren, „als unbegründet" ein.

Jo und ihrem Team war die Lust,
am Helfen gänzlich vergangen.

Hilfe für ein Kloster

Teil 2

Das regionale Fernsehen bat Jo, nach Kenntnisnahme des Zeitungsartikels über den Engel der E 55 - Waisenkinder, in "Geschichten über das Leben", über ihre Erfahrungen mit den Waisenkindern zu berichten.
Sie erzählte von ihren Erlebnissen im Kinderheim Johanka, von den eigenartigen Geschäftspraktiken des Heimleiters Engel und über die ungerechtfertigten Vorwürfen des Jugendamtes.
Eine Frau, die bereits in der Fernsehsendung im Kinderheim von Engel zu ihrem Kinderwunsch gesprochen hatte, berichtete über ihre Erfahrungen bei der Antragstellung für eine Adoption und bestätigte, dass in Tschechien keine Adoption möglich ist, weil die Bundesrepublik dem "Hager Abkommen", einem Gesetz zum Schutz der Kinder vor Misshandlungen und Kindesmissbrauch, noch nicht beigetreten sei. Nach der Berichterstattung wurden Bilder von der Spendenübergabe im Generalkonsulat an die Frau Doktor gezeigt und das Kinderlied "Johanka" angespielt. Frau Doktor war wieder nicht bereit, für die Sendung im öffentlich rechtlichen Fernsehen Dreharbeiten im Kinderheim zu genehmigen. Sie schickte die CD, des Kinderliedes "Johanka" für die Sendung.

Am Ende der Sendung erhielt Jo ein Fax, von den Polizeikameraden der Internationalen Polizei. Der Initiator erklärte, "mein Team in Deutschland und die Polizeikameraden in Tschechien, werden ihnen auch in Zukunft beistehen!"
Das Sendeteam fand diesen Abschluss als sehr gelungen.

Mit einem Brief, den ein Priester auf die Sendung hin schrieb, fand die Hilfsaktion für Tschechien wieder einen neuen Anfang. Der Priester bat um Hilfe für einen kranken Geistlichen in einem Gebirgskloster.
Jo erinnerte sich an ihr Versprechen, das sie Schwester Elisabeth in der Prager Gemeinde gegeben hatte. Endlich konnte sie ihr gegebenes Wort einlösen. Bereits zwei Mal war sie vergebens ins Kloster gefahren, um den Geistlichen zu treffen. Sie traf nur den Administrator Plötz im Kloster an und dieser bedauerte ihr nicht helfen zu können.

Der Priester schrieb, „in dem Gebirgskloster wirkt nur der alte kranke Geistliche. Ihm war es nicht gelungen, junge Männer für den Dienst für Gott zu gewinnen. So bemühte er sich um das Wohl der Einwohner. Unterstützt wird er von drei Bediensteten, die sich um das Tagesgeschäft kümmern. Mit seinem kleinen Team hält er den Betrieb des Klosters aufrecht. Seine Sorge gilt neben der Erhaltung des Klosters, der Hilfe für Menschen in Not."

Im Kern des verträumten grünen Städtchens dominiert der gewaltige Klosterkomplex. Die Basilika ist durch einen Seiteneingang von der Hauptstraße zu erreichen. Die Wände sind prunkvoll bemalt, die Decken und Nischen mit Gold und Stuck verziert, hinter einem Gitter sehen die Besucher das meist leere Gestühl für die Mönche. Terrassenartige Gärten, mit fließendem und stehendem Wasser, umgeben den Ost- und Südflügel des Klosters. Den Kreuzgang, der von der Basilika zu erreichen ist, endet in einem Garten. Im Seitenflügel neben dem Kreuzgang befinden sich der Speisesaal und die Küche. Im Wirtschaftshof, der sich am Südrand des Klosterareals befindet und von alten ehrwürdigen

Bäumen gesäumt ist, liegen der Wohntrakt für die Angestellten, die Ruine eines Brauhauses, ein Secondhand Laden und Garagen. Vom Wirtschaftshof sieht der Betrachter einen Gebäudetrakt, in dessen Mitte ein Turm mit der Turmuhr steht und hier ist das Haupttor in den Innenhof des Klosters.

Im Wirtschaftshof befinden sich die dürftigen Unterkünfte für Obdachlose, Aussiedler und Haftentlassene, die im Kloster leben und arbeiten.

Im Innenhof, den ein kleiner Garten und ein Brunnen zieren, sind auf der rechten Seite auf zwei Etagen Wohn- und Gästezimmer. Im Erdgeschoss befinden sich die Pforte, Kanzlei und der Saal mit Spendengütern.

Zur ersten Etage geht der Besucher über eine riesige ausgetretene Treppe zum Festsaal, der Bibliothek, einer Bildergalerie und zum Empfangszimmer des geistlichen Hausvaters. Vor der übergroßen Eichentür, mit der Türklinke in Kopfhöhe, warteten Bittsteller, Klosterinsassen und die angekündigten Gäste aus Deutschland.

Schwester Elisabeth beschrieb den Geistlichen, als einen charismatischen Mann. Jo hatte bisher noch keinen Mönch kennen gelernt, deshalb war sie auf den Mann sehr neugierig. Im Raum befanden sich zwei Regale mit vielen Akten und Büchern. Auf dem Fenstersims stand eine kleine Marienfigur, die über die Ländereien des Klosters ins Tal schaute. In der Mitte des Raumes stand ein großer Tisch mit zehn Stühlen. An der Frontseite saß der Hausvater. Beim Eintreten der Besucher aus Deutschland stand er auf. Die Schwester hatte nicht zu viel versprochen. Der Mönch war ein stattlicher Mann mit weißem Bart. Er trug eine braune Kutte mit einem Strick um den Bauch und ein Kreuz um den Hals, die Füße steckten in braunen Sandalen.

Der Abt empfing Jo und die Sponsoren aus mehreren Bundesländern freundlich. Er erklärte, „das Kloster ist in einer schwierigen Situation. Ich kann den Tagesbetrieb nicht mehr ohne Sorge aufrechterhalten."
Er wirkte imposant, sehr gebildet und bei jedem zweiten Satz lies er erkennen, dass er ein Diener Gottes war.

Der Abt bat um Hilfe aus Deutschland, dafür wollte er die Aktion von Pani Jo, Schaffung eines zentralen Lagers für die Waisenkinder Nordböhmens, die im Kinderheim von Engel fehlgeschlagen war unterstützen. Er lies sich alles genau berichten. Der Geistliche fragte Jo, warum sie den Bus und das Geld im Heim gelassen hatte. Der Administrator des Klosters, Herr Plötz, wurde gebeten eine Bedarfsliste zu erstellen. Er fing sofort an, zu schreiben. Der Geistliche benötigte dringend Schuhe für seine Schutzbefohlenen, die im Kloster lebten und arbeiteten. Jo war mit ihren Begleitern nicht ohne Spenden gekommen, diese übergaben sie dem Administrator. Der Geistliche lud die Gäste zum Mittagessen ein und die Sekretärin zeigte den Gästen vor der Abreise das Kloster. Bereits nach einer Woche erhielt das Kloster von Jo ein Fax. „Ich habe in Thüringen ein Schuhunternehmen gefunden, das ihnen in der nächsten Woche die gewünschten Schuhe und Hilfsgüter bringt."

„Wir können die kleinen Waisenkinder nicht hängen lassen", sagte Bianca, Mutter des einjährigen Timmi aus Thüringen, als sie Jos Bericht in der Fernsehsendung über die 380 Waisenkinder hörte. Sie rief in der regionalen Zeitung auf, zu helfen. Über Wochen sammelte sie Spenden für die Kinder in Böhmen. 2000 Paar Schuhe und andere nützliche Dinge brachte sie in zwei Transportern mit ihrem kleinen Sohn Timmi und vielen Helfern ins Kloster.

Die voll geladenen zwei Kleinbusse und vier Pkws aus den Bundesländern Sachsen, Thüringen, Sachsen-Anhalt und Baden-Württemberg zuckelten langsam über die maroden Straßen Westböhmens. Die Häuser am Wegrand waren grau, bei vielen bröckelte der Putz und Dachziegel lagen in den ungepflegten Gärten. Plötzlich erschien zwischen einigen Bäumen die riesige weiße Fassade des Klosters. Die Helfer standen am Ortseingangsschild ihres Zieles, mit schönen restaurierten Häusern und sauberen Straßen. Bianka war noch etwas frustriert über die Behandlung an der Grenze. Sie zeigte ihren Pass, in dem auch der einjährige Timmi vermerkt war. Der tschechische Zollbeamte schüttelte mit dem Kopf. „Sie dürfen mit dem Kleinkind nicht über die Grenze", sagte er zu Bianca. Timmi weinte, er war übermüdet von der langen Fahrt, von Thüringen nach Sachsen. Die Kolonne stoppte, was tun. Ein deutscher Zollbeamte, erklärte. "Das Gesetz über das Hager Abkommen von 1993, zum Schutz vor Kinderhandel und Kindesmissbrauch, wurde am 01.06.2001 in Tschechien in Kraft gesetzt. Aus Deutschland darf keine Adoption mehr erfolgen, bis Deutschland diesem Abkommen beitritt. Damit nicht zufällig ein Kind über die Grenze gebracht wird, müssen auch Babys einen eigenen Pass mit Bild auf die Reise mitnehmen. Besuche in Waisenhäusern sind deutschen adoptionswilligen Paaren nicht mehr erlaubt."

Bianca musste mit Timmi ins Einwohnermeldeamt nach Altenberg zurückfahren, Passfotos für Timmi machen und einen Pass beantragen. Ohne weitere Kontrolle mit drei Stunden Zeitverzug, lies sie der tschechische Zöllner lächelnd die Grenze passieren. Durch diese Verzögerung war es den Helfern nicht mehr möglich, den behinderten Kindern im Ort einen Besuch abzustatten und die Süßigkeiten persönlich zu übergeben.

Die Spenden wurden entladen. Die Sponsoren hatten Mühe die Hilfsgüter in dem übervollen Hauptlager, einen Saal für 100 Personen, unterzubringen. Auf die Frage von Bianca, „warum werden die Hilfsgüter nicht an die Not leidenden Menschen der Region verteilt?", erwiderte der Administrator Plötz, „die Klosterleitung hat zu den Obdachlosen, die hier im Kloster leben kein Vertrauen. Wir haben noch Niemanden gefunden, der das Lager aufräumt."
Bianca und ihre Begleiter wurden skeptisch. „Hoffentlich kommen die Spenden in die richtigen Hände!"
So erhielt das Kloster schon nach dem zweiten Besuch von Jo die benötigten Schuhe, Kleidung für Kinder und Erwachsene, Lebensmittel und Süßigkeiten. Sie bat die Nahrungsmittel umgehend den Kindern zu übergeben. Die Süßigkeiten brachte der Administrator in die Klosterküche.

Jo gewann in Deutschland zwei ehrenamtliche Helfer, die bereit waren das Hauptlager des Klosters aufzuräumen. Roland und Paul, langjährige Vereinsmitglieder, erhielten dafür im Kloster kostenlos Unterkunft und Verpflegung. Jo fuhr die Helfer einen Monat mit ihrem PKW mittwochs ins Kloster und holte sie freitags wieder ab. Die deutschen Helfer hatten einen guten Kontakt zu den Klosterbewohnern, Rodrigos den Kubaner, Iwan den jungen russischen Obdachlosen und Ferry der Pförtner kochte den Männern aus Deutschland nachmittags eine Tasse Kaffee. Abends gingen alle gemeinsam auf ein Bier in die nahe gelegene Kneipe. So erfuhren die Gäste, dass der Administrator Plötz die Asylanten beaufsichtigte, die gegen ein geringes Taschengeld Reparaturarbeiten im Kloster und den Niederlassungen verrichteten. So wie sie der Geistliche benötigte waren sie auch Messdiener.

Seit der Herrschaft von Plötz als Administrator lebten dieser Kreaturen, mit zerschlissenen Kleidern, ständig gehetzt und diskriminiert in einem Gefängnis hinter Klostermauern. Obwohl der Saal mit den Spenden übervoll war, erklärte Plötz den Männern aus Deutschland, „das faule Gesindel braucht nichts!" Er hatte die Schlüsselgewalt. Deshalb war die Aktion der Helfer aus Deutschland ein Flop. Sie erhielten keinen Schlüssel zum Lager. Plötz der im Kloster wohnte, war nicht bereit ihnen mit seinem Schlüssel das Lager zu öffnen. Die deutschen Helfer mussten täglich auf den Abt warten, der früh erst gegen 8.30 Uhr ins Kloster kam, bis 10.30 Uhr die Messe zelebrierte und dann mit den Obdachlosen und Baufirmen verhandelte. Erst 11.30 Uhr erhielten sie von ihm den Generalschlüssel zum Öffnen des Lagers, damit sie das Lager des Klosters aufräumen konnten. Plötz achtete streng darauf, dass kein Obdachloser heimlich das Lager betrat. Roland oder Paul durften, nur einzeln, zum WC oder essen gehen. Der Geistliche verließ in der Regel 14.00 Uhr das Kloster. Nach ihm fuhr auch der Administrator in den Spielsalon an der Europastraße 55. Bevor dieser den Klosterbus bestieg, verschloss er das Lager wieder. Dieses Ritual setzte sich den ganzen Monat fort, bis Jo sich bei dem Hausvater beschwerte. Dieser versprach die Situation zu überdenken. Der Bürgermeister Emil Kudlak hatte vom Klosterobmann, Dr. Swoboda gehört, dass Pani Jo sehr hilfsbereit ist. Er war seit 1990 Bürgermeister des Gebirgsortes und er gehörte zum Bürgerforum. Ihm war es zu verdanken, dass der Ort, im Vergleich zu anderen Städten, sehr gepflegt war. Er wollte die aktive Deutsche mit ihrem Team persönlich kennen lernen.
Bereits bei ihrem dritten Besuch des Klosters, innerhalb eines Monats, war Jo beim Stadtoberhaupt eingeladen.

Natürlich hatte er Sorgen mit dem Bau einer Obdachlosenunterkunft und äußerte die Bitte, dass Jo ihm bei der Beantragung eines Fördermittelantrages beim Deutsch - Tschechischem Zukunftsfonds behilflich sei. Er bewirtete seinen deutschen Gast zuvorkommend. Jo war in Begleitung von Dr. Swoboda, Vertreter des tschechischen Freundeskreises des Klosters gekommen. Der Bürgermeister hätte der Bruder des Botschafters sein können, denn er hatte die gleiche sympathische Ausstrahlung. Stolz berichtete er, trotz Grenznähe, gibt es in unserem Ort kein Bordell. Im Ergebnis der Beratung wollten alle, der Abt hatte sein o. k. gegeben, eine Arbeitsgruppe bilden. Sie wollten auch ein gemeinsames Konto anlegen. Schon bei ihrem nächsten Besuch brachte Jo ein Konzept und 150 DM zur Eröffnung des Valutakontos mit. Der Abt hatte den Wunsch, im nahe gelegenen Wallfahrtsort das Pfarrhaus wieder in Betrieb zu nehmen und gemeinsam mit Jo dort ein Mutter – Kind - Dorf aufzubauen. So konnten die Spenden von dort, von den Bedürftigen abgeholt werden und das Kloster wäre entlastet. Eine direkte Zusammenarbeit mit Kinderheimen wollte Jo nach den schlechten Erfahrungen, nicht mehr anstreben. Die Kinderheime wurden durch den Bürgermeister informiert, dass sie im Kloster ihren Bedarf anmelden und die Hilfsgüter in Empfang nehmen können.
Jo erkannte einen riesengroßen Unterschied zum Waisenheim von Engel. Diese Arbeitsgruppe wurde mit einem tatsächlichen Geschäftskonto ausgestattet. Dafür waren fünf Unterschriften notwendig. Alle Mitglieder erhielten ein Kontokärtchen und das nur für 150 DM. Dagegen im Heim von Engel, sollte es angeblich keine Valutageschäftskonten geben und dort lagen 9,5 TDM fast sogar 1,5 Millionen.

Jo erhielt Besuch von einem Reporter der Regenbogenpresse, der über ihre Arbeit berichten wollte. Sie erklärte ihm, in kein Kinderheim mehr gehen zu wollen. Die Hilfe sollte über ein Zentrallager erfolgen. Der Reporter bediente sich der vielen Aufnahmen, die bei der Busübergabe in Engels Waisenheim gemacht wurden und schrieb eine Seite über Jos humanitäre Arbeit für die Waisenkinder, mit dem Titel, „Der rettende Engel beschützt die Kinder von Europas größtem Straßenstrich."
Nachdem Jo vom Bürgermeister erfahren hatte, wie viel Waisenkinder, insbesondere mental Geschädigte, auf Hilfe warteten, war es wieder ihre Sache Sponsoren anzuschreiben und um Hilfe zu bitten. Zuerst schrieb sie ihren Schutzengel bei der Internationalen Polizei an. Dieser setzte sich sofort mit dem Abt in Verbindung. Viele deutsche Vereine und Einzelpersonen sagten ihre Hilfe für die Waisenkinder zu.

Jo hatte vor geraumer Zeit von einem deutschen Kinderhilfswerk mit großer Repräsentanz, Post erhalten, welches lediglich nur Information über das Kinderheim „Johanka" wollte. Sie hatte bisher auf die Anfrage nicht reagiert. Jo durfte über das Heim keine Informationen geben. Sie schrieb diese Organisation nun an, um Hilfe für das Kloster zu erbitten. Jo erhielt sofort Antwort. Der Manager Teufel wollte unbedingt helfen. Der Vereinsvorsitzende sei ein Millionär und stände mit Harald Riegel in Bonn in geschäftlicher Verbindung. Herr Teufel wollte Informationen über ihre Arbeit haben. Jo verwies auf den Artikel in der Regenbogenpresse, der ihre zweijährige Hilfe gut widerspiegelte. Diese Kontaktaufnahme gefiel dem Bürgermeister und dem Abt sehr. Schon nach einer Woche kam ein Fax von dem deutschen Kinderhilfswerk.

Wir bereiten eine Spendengala im Deutschen Fernsehen vor und werden sie mit beherzigen. Manager Teufel schickte, nachdem er erst fünf Tage telefonischen und postalischen Kontakt mit Jo hatte, Faltblätter in dem bereits über die Hilfe für das Kloster und die Waisenkinder, durch seine Organisation zu lesen war.

Zwei Tage später wieder ein Positivbescheid von dem Manager Pit Teufel. „Ein privater Fernsehsender will über das Kloster und den Gebirgsort berichten und so ganz nebenbei über die Europastraße 55. Dazu hatte die Redaktion die Bitte geäußert drei Frauen, vorzustellen: eine, die bereit ist über ihre Arbeit auf dem Straßenstrich zu sprechen, eine die gerade entbindet und eine, die ihr Kind weggegeben hat."

Dazu bemerkte er, „natürlich ist dazu der Besuch eines Kinderheimes notwendig! Der Sender und mein Internationales Kinderhilfswerk bringen Spenden mit. Die Übergabe muss den Zuschauern dokumentiert werden".

Der Manager Teufel forderte von Jo eine Mitgliedschaft in seinem Kinderhilfswerk und den Mitgliedsbeitrag für das laufende Jahr. Er habe das Spendensiegel für humanitäre Hilfe und dieses verlange, von allen Agierenden eine Mitgliedschaft. Er könne nur helfen, wenn zumindest Pani Jo Mitglied seiner Organisation sei, alles andere würde sich finden.

Er verwies auf seine Homepage."

Jo traute ihren Augen nicht, als sie da bereits las, dass sie die Vertreterin des „Teufelschen Kinderhilfswerkes" für Tschechien sei. Sie hatte ihre persönliche Mitarbeit noch nicht zugesagt. In der Homepage war ihr Projekt, das sie zwei Jahre mit ihrem Verein aufgebaut hatte, als Initiative seines Kinderhilfswerks dargestellt. Sie fand den Inhalt des Artikels und die Fotos der Regenbogenpresse im Internet.

Hatte das Kinderhilfswerk so viele Kontakte, dass sie über Fotos der Presseagenturen verfügen durften?
Der tschechische Bürgermeister schüttelte mit dem Kopf, über die Berichterstattung von Pani Jo.
„Gut" meinte er, „wir brauchen Hilfe."
Er rief seinen Freund an, der Chefarzt im Stadtkrankenhaus war. Der Abt war auch irritiert, er veranlasste seine Sekretärin, in zwei Kinderheimen anzurufen und den Bedarf an Hilfsgütern zu ermitteln, die im Fernsehen übergeben werden sollten. Beide Herren wollten im Fernsehen über ihre Aufgaben in der Gebirgsgemeinde und ihre Fürsorge für die armen und benachteiligten Bürger sprechen. Die Kinder des Waisenheimes waren bescheiden, sie wünschten sich ein großes Glas weiße Nutella, eine Riesensalami und eine Torte zum Kindergeburtstag. Diese Heimleitungen schrieben den realistischen Heimbedarf auf.

Wieder interessierte sich eine Zeitschrift für die Hilfe von Jo. Der Journalist fuhr mit ins Kloster. Auf seine Bitte organisierte der Abt den Besuch in zwei Kinderheimen. Jo hatte erfahren, dass in einer Einrichtung, für mental geschädigte, größere Kinder ein 16jähriges Mädchen schwanger geworden war und dringend eine Babyausstattung brauchte. Dr. Swobode begleitete als Dolmetscher, Pani Jo und den Journalisten in die Internatsschule. Die Jugendlichen zeigten ihre Klassen und Wohnräume. Hier lernte Jo die bildhübsche dunkelhäutige Monika kennen. Sie war 16 Jahre alt und auf der E 55 schwanger geworden. Monika wollte das Baby, sie hatte kein Geld für die Ausstattung. Ihre großen braunen Augen leuchteten, als Pani Jo ihr die komplette Babyausstattung mit Kinderwagen von einer ostdeutschen Kinderwagenfirma, übergab.

Alle Kinder erhielten Süßigkeiten, Schulhefte und Schreibpapier. Der Direktor und die Lehrer strahlten mit den beschenkten Kindern und erklärten ihre Dankbarkeit. Ins nächste Kinderheim brachte Pani Jo zweifarbige Nutella, mehrere Riesensalamis und zehn Torten. Die Kinder fassten sie an der Hand und zeigten ihr bescheidenes Spielzeug.
Daraufhin erschien der Artikel, „Eine Frage der Ehre!"

Der Manager Teufel vom Kinderhilfswerk schrieb, dass er nach Amerika muss, um den Kindern der Verunglückten, die am 12.09.01 in New York im WTC umgekommen sind zu helfen.
(Der wahre Aufenthalt wird später preisgegeben!)
Bei seiner Rückkunft werde er sich wieder melden. Pani Jo sollte während dessen, die Fernsehsendung vorbereiten. Er werde am 8.10., einen Tag vor dem privaten Fernsehsender ins Kloster kommen. Der tschechische Chefarzt war nicht bereit eine Frau zu finden. Kontakte zu Prostituierten vom Gemeindeamt bestanden auch nicht. Alle ließen diesen irrsinnigen Plan fallen. „Wenn der Fernsehsender wirklich Prostituierte haben will, muss er diese selbst suchen", meinte der Bürgermeister zum Abt und Pani Jo.

Viele seriöse Sponsoren brachten aus Deutschland auf Jos Bitte, Lebensmittel und Kleidung ins Kloster. Die zwei Helfer des Vereins sortierten das Lager, so wie sie grade mal Zutritt durch den Administrator erhielten. Jo war mit Paul wieder ins Kloster gefahren. Das Kinderhilfswerk, vornehmlich Pit Teufel hatte sich für den nächsten Tag angemeldet. Der Geistliche sagte alle Termine ab und im Rathaus wartete der Stadtrat auf den neuen gut betuchten Sponsor. Nur der erwartete schwerreiche Sponsor, des Kinderhilfswerkes kam nicht.

Am nächsten Morgen stand ein Wohnmobil auf dem Klosterhof. Ein junger Mann, klein etwas breit, mit einem runden Gesicht, der Haaransatz war auf den Mittelkopf gerutscht, salopp gekleidet, entstieg dem Fahrzeug. „Ich hatte in Deutschland wichtige Termine, die mit der Hilfe für Amerika zusammenhängen", entschuldigte er sich. Dem Hausvater des Klosters übergab er mehrere Dose Gummibärchen. „Das ist von meinem Bekannten, Harald Riegel aus Bonn (HARIBO), der auch weiterhin Süßigkeiten für die Kinder der Klostergemeinde zu Verfügung stellen wird", erklärte er. Er lies sich vom Abt und Bürgermeister alles genau erläutern und sagte, „das kriegen wir gebacken. Mein Internationales Kinderhilfswerk hat die Möglichkeit und das Kleingeld sie zu unterstützen."

Er besuchte den Wallfahrtsort, mit dem geplanten Gebäudetrakt für das Mutter-Kind-Dorf. Auch hier wollte er umfangreich investieren. Angestellte des Klosters baten ihn, sie anzustellen. Teufel fragte, „warum? Sind sie im Kloster nicht zufrieden?"

Die Antwort lautete, „im Kloster herrscht nicht der kranke Geistliche sondern sein Administrator. Plötz hasst die Tschechen und noch schlimmer geht er mit dem ausländischen Klosterpersonal um".

Jo hatte nach den Berichten ihrer zwei Vereinsmitglieder, die das Klosterlager aufräumten ähnliche Andeutungen erhalten.

Teufel erhielt während der Beratung mit dem Bürgermeister einen Anruf von dem privaten Fernsehsender. Sofort übergab er Jo sein Handy, nachdem er meinte, „auf diesen Anruf habe ich gewartet."

Eine überhebliche Frauenstimme fragte, „haben sie die drei Frauen organisiert?"

Als Jo verneinte, wurde die Dame spitz, „was sind sie für ein Haufen!"
Jo hatte Erfahrungen mit Fernsehjournalisten, so etwas Überhebliches hatte sie noch nicht erlebt. Die Journalistin sprach mit Teufel und dieser erklärte, als er aufgelegt hatte, „der Sender ist nur an dem Frauen interessiert, der alte Abt und der Bürgermeister sei nicht die Zielgruppe des Senders."
Jo übersetzte dem Bürgermeister das Gehörte, er war sehr enttäuscht.
Der Projektmanager Teufel beruhigte ihn. „Ich bereite eine Wanderausstellung in Deutschland mit meinen gesamten umfangreichen Projekten; Beschneidung von jungen Mädchen in der Dritten Welt, Windkraft, Hilfe für Amerika und die vergessenen Waisenkinder der Europastraße 55, vor. Die Eröffnung ist in einem Monat, dazu lade ich sie alle in meine Heimatstadt ein", sagte er. „Es wird einen Empfang mit dem Bürgermeister meiner Heimatgemeinde geben. Dort sind seriöse Medien vertreten, diese werden sich ihres Problems annehmen. Ich werde mich um Flugtickets von Prag nach Köln kümmern, damit sie keine aufwendige Anreise haben."
In der Kanzlei erhielt Teufel von der Sekretärin die persönlichen Daten für die Flugtickets. Sehr interessiert war er an den Akten der Spendenaktionen auf Jos Schreibtisch. Er fragte sie, warum haben sie mir erst nach einem Jahr geantwortet. Jo erklärte ihm die Probleme mit dem Jugendamt, dass sie prinzipiell keine Anschreiben an Personen schickte, die nichts mit ihrer Spendenaktion zu tun haben. Der Abt äußerte plötzlich die Bitte, Pani Jo möge in sein Empfangszimmer kommen. Der Manager versprach in der Kanzlei an Jos Schreibtisch zu warten. Als sie nach zehn Minuten wieder die Kanzlei betrat, war der Mann weg. Die Sekretärin entschuldigte ihn. „Herr Teufel will sich selbst ein Bild von der

Europastraße machen, er ist weggefahren, bleibt bis spät abends und wird sich morgen früh wieder melden."
Jo besuchte wie jedem Morgen die Messe, Herr Teufel nicht. Er hatte im Wohnwagen inzwischen Cappuccino gekocht und servierte diesem dem Abt und Jo. Er tröstete die Zwei.
„Damit die Kinderheime nicht mitbekommen, dass der Fernsehsender nicht anreist, bringen wir die Geschenke in die Kinderheime. Die Gummibärchen meines Freundes reichen für alle Kinder. Für die größeren Mädchen habe ich eine ganze Palette von verschiedenem Parfüm eingepackt. Da ich bei einem privaten Fernsehsender als Kameramann gearbeitet habe, ist es für mich kein Problem, mit meiner Videoausrüstung einen Film zu drehen".
Der Abt war beruhigt. Durch seine Sekretärin ließ er die Kinderheime wissen, dass die angemeldeten Gäste am Nachmittag eintreffen. Dr. Swobode begleitete den Manager des Kinderhilfswerkes und Pani Jo, als Dolmetscher.
In der Schule für mental behinderte Kinder erfuhr Jo, dass Monika nun im siebenten Monat schwanger, ausgebüxt war. Aus Angst vor ihrer Mutter, die mit einem Zuhälter befreundet war, ging das Mädchen wieder ihrer Arbeit an der E 55 nach. Die Babyausrüstung lag unberührt in der Ecke des Aufenthaltsraumes.
Pit Teufel filmte die Räume und die Übergabe seiner Süßigkeiten, diese Dokumentation brauche er als Nachweisführung für Haribo. Die größeren Zigeunermädchen, die mit 17 Jahren die Schule verlassen müssen, freuten sich über das Parfüm. Teufel versprach für alle Paten zu finden, dafür brauche er Bilder von jedem einzelnen Waisenkind. Er fotografierte jedes Kind und stellte es ohne Rücksprache mit der Heimleitung ins Internet.

In dem zweiten Waisenheim folgte das gleiche Ritual. Haribo, dann Kinderfotos fürs Internet, diesmal verteilte Herr Teufel kein Parfüm.
Ein zwölfjähriger blonder Junge war Jo schon bei ihrem ersten Besuch mit dem Reporter aufgefallen. Frantisek begrüßte sie in einem akzentfreiem Deutsch. Sie fragte, „wo hast du die deutsche Sprache gelernt?"
Er erzählte, "meine Mutter hat einen deutschen Mann geheiratet, sie lebt jetzt in Dresden. Wenn ich das Heim verlassen kann, werde ich sie suchen und deshalb musste ich Deutsch lernen."
Diese Worte taten Jo weh, die einen Bruder im gleichen Alter hatte, den Jungen so sprechen zu hören. Die Kinder malten Pani Jo Bilder auf Tapetenreste, für Zeichenpapier war kein Geld da. Der Manager Teufel war inzwischen mit dem Fotografieren fertig. Mit vielen Tapetenrollen bepackt, die Kinder hatten ihre Wünsche gezeichnet, verabschiedete sich Pani Jo. Der blonde Junge rief ihr nach, er war vorher in den Garten gelaufen. „Pani Jo, Warte! Ich habe ein Geschenk, von meinem Lieblingsbaum", er überreichte Jo eine Kastanie als Talisman.

Talisman
Ein Waisenjunge hielt in der kleinen Hand,
eine Kastanie aus seinem Land.
Dankbar blickte er mich an,
die Kastanie ist jetzt mein Talisman.

Nach der Rückkehr ins Kloster wollte der Projektmanager sofort abreisen. Er verabschiedete sich vom Abt und bedauerte, dass er den Administrator Plötz, nicht mehr gesehen hatte. Der Administrator war auf Wanderschaft gegangen. Der Abt hatte ihm dafür ein paar Kronen in die Hand gedrückt. Plötz wollte nach drei Tagen wieder zurück sein.

Die Sekretärin lachte, auch die anderen Bewohner des Klosters waren eigenartig lustig und unbelastet. Nachdem der Hausvater gegen 14.00 Uhr das Kloster verlassen hatte, zündeten sie Blitzknaller an. Jo konnte sich diese Situation nicht zusammenreimen. Sie fragte die Sekretärin, was dieses seltsame Verhalten der Klosterbewohner zu bedeuten hat. Die Sekretärin lachte und erklärte die Situation; „alle sind glücklich, dass der Tyrann Plötz für ein paar Tage weg ist. Wir haben das schon kommen sehen. Plötz scheut die Kamera! Als er hörte, dass das Fernsehen kommt, bat er den Abt ihm ein paar Tage Urlaub zu genehmigen."

Jo hinterfragte das gesagte, warum nehmt ihr an, dass er Kamera scheu ist?

„Ganz einfach", erwiderte die Sekretärin", als ein bayrischer Fotograf hier war und Plötz merkte, dass er fotografiert wurde, riss er den Film aus der Kamera."

Jo nahm diese Information zur Kenntnis ohne sich darüber Gedanken zu machen. Am nächsten Tag verspürte sie auch beim Abt, dass er offener war. Sie werteten nochmals den Besuch des Kinderhilfswerkes aus und hofften auf die versprochene Hilfe.

Der Geistliche lud Jo mit ihrem Bruder Andreas für die Herbstferien ins Kloster ein, sie durfte ihren Hund Susi mitbringen. Jo erzählte, dass Andreas noch keine Heilige Kommunion erhalten hat. Die Augen des Abtes glänzten. Er berichtete, dass er nur einmal für die tschechische Adelsfamilie Lobkowitz eine Kommunion im Kloster durchgeführt hatte. Die Adligen bedankten sich mit Damwild, für die klösterlichen Wälder. Er schlug Jo vor, dass Andreas in der Herbstferienwoche von ihm für die Heilige Erstkommunion vorbereitet wird, vorausgesetzt Andreas will das. Als Abschluss wollte er mit Andreas eine Wallfahrt, in die zehn Kilometer weit entfernte kleine Wallfahrtskirche des Klosters unternehmen.

Danach hatte er eine Reise nach Jerusalem geplant. Trotz des Attentates in New York wollte er darauf nicht verzichten. Nach seiner Rückkehr aus Israel sollte die Erstkommunion von Andreas in der Klosterkirche stattfinden. Ein Vokalchor hatte sich aus Wien angemeldet, also war eine festliche Chormusik vorhanden. Damit stand der Termin für die Erstkommunion im Oktober fest. Beim Abschied bedankte er sich bei Jo für ihre uneigennützige Hilfe, er sagte:
„Schwester, wir müssen erst durch das Tal der Tränen!"
Diese Worte verstand Jo zu diesem Zeitpunkt noch nicht.

Jos Helfer Paul hatte dieses Mal ohne Plötz Schlüsselstress das gesamte Hauptlager so aufgeräumt, dass es übersichtlich war. Die Sekretärin verfügte in Abwesenheit des Administrators über die Schlüssel und hatte ihm das Lager von 9.00 Uhr bis 16.00 Uhr geöffnet. Zwei Klosterinsassen halfen Paul beim Aufräumen, ohne sich zu bereichern. Die Sekretärin hatte sich dafür eingesetzt, dass die Obdachlosen endlich neue Kleidung aus dem überfülltem Lager erhielten. Jo wurde vom Geistlichen ein eigenes Büro und ein separates Lager im anderen Gebäudetrakt zugeteilt. Damit war dem Administrator Plötz die Alleinherrschaft über die Spendenkammer genommen.

Die Herbstferien waren in diesem Jahr besonders sonnig. Die Blätter hatten sich gefärbt und die Landschaft bot einen farbigen Kontrast. Die grünen Tannenwälder an den Gebirgshängen gingen ganz allmählich in bunte Mischwälder über. Die bunte Pracht reichte bis an die weißen Mauern des gewaltigen Klosterkomplexes. Jo, Andreas und die Mittelschnauzerhündin Susi erhielten ein großes Zimmer im Gästehaus des Klosters in der ersten Etage. Susi genoss es, im Terrassengarten nach Katzen zu jagen, die schneller waren als sie und hoch in den Baumwipfeln die Hundedame bedauerten.

Andreas besuchte seine Religionsstunden beim Hausvater. Er war begeistert. Der Abt sprach sehr plastisch über die Bibel. Andreas machte seine Aufgaben sehr gewissenhaft.

Jo arbeitete in der Zwischenzeit in ihrem Büro, schrieb Sponsoren an, nahm Spenden entgegen und ordnete diese in dem neuen Lager. Sie übergab den Obdachlosen, die ihre Kleiderwünsche auf einen Zettel geschrieben hatten, das Gewünschte. Einem passte diese neue Aktivität nicht, Plötz - dem Administrator. Obwohl Jo ein eigenes Lager für die Spendengüter zur Verfügung gestellt bekam, verwaltete der Administrator wieder alle Lagerschlüssel. Plötz spielte mit ihr Verstecken. Er stand sehr früh auf. Als er mitbekam, dass Jo ihn suchte, fuhr er mit dem Bus und den Lagerschlüssel weg. Deshalb hatte sie wenig Freude an ihrem eigenen Ausgabelager. Die Klosterbewohner behandelten Jo und Andreas sehr freundlich. Betraten beide den Speisesaal, wurden sie sofort bedient. Sie erhielten zuerst das Essen serviert. Das war Jo peinlich, so brachte sie den zwölf Hausbewohnern öfter kleine Präsente aus der Stadt mit, Schokolade, Eis oder Torte. Sie hatte vor den Herbstferien von einer Deckenfirma aus der Lausitz, 50 Decken mit kleinen Webfehlern erhalten und diese ins Kloster gebracht, das im Winter einer Eishöhle glich. Jo öffnete ihr Auto und rief die Obdachlosen, um jedem eine schöne neue Wolldecke zu übergeben. Die Kummer gewohnten Augen der Menschen im Kloster strahlten sie dankbar an. Aus Dankbarkeit erhielt Jo Äpfel, Erdbeeren oder eine Einladung zum Nachmittagskaffee. Der tschechische Kaffee ist nicht gerade Jos Lieblingsgetränk, aber von diesen Menschen den Kaffee ausgeschenkt zu erhalten, war für sei eine Ehre. In eine riesige Tasse wird ein Esslöffel Kaffee, viel Zucker und sehr wenig Wasser gegeben. Der Genießer kaut genüsslich auf dem Kaffeesatz herum, oder der Kaffee steht so lange, bis er sich gesetzt hat, danach ist er meist kalt. Die Obdachlosen bewachten Jos Auto. Keiner dufte sich diesem Fahrzeug nähern. Die Klosterkirche war auch an Feiertagen spärlich besucht. Der Abt legte deshalb sehr viel Wert darauf, dass alle Klosterbewohner und Hausgäste die tägliche Messe feierten. Er erzählte sehr kurzweilig, über die Heilige Schrift, es kam des Öfteren zu einem Gelächter. Sein Angriffspartner war ein älterer Gehbehinderter, der schon viele Jahre im Kloster lebte. Dieser bekam schnell mal eine Kopfnuss, indem der Hausvater sagte, „habe ich dich wieder erwischt. Wolltest wieder einschlafen?"

Sponsoren von Jo meinten, „wir hatten das Gefühl in einem Theater zu sein, derartige Messen haben wir noch nicht erlebt!" Eine streng gläubige christliche Dame hatte sich bei anderen Pfarrern über den Geistlichen Informationen eingeholt und erfahren, dass der Hausvater des Klosters als Sonderling bekannt war. Jo begegnete in der Messe täglich einer zierlichen jungen Frau, die einen Kinderwagen schob. Ihre zwei größeren Kinder, ein Knabe von sechs Jahren und ein fünfjähriges Mädchen waren die Ministranten des Abtes. Sie standen täglich früh auf und warteten in ihrem weißen langen Hemdchen auf den Beginn der Messe. Es war lieblich anzusehen, wie diese zwei Kinder dem christlichen Vater bei der Messe zur Hand gingen. Er half ihnen sehr freundlich die richtigen Handreichungen zu erlernen. Immer saß ihre Mutter mit dem Baby in der ersten Bank. Nach der täglichen Messe ging die Mutter mit dem Baby in das Empfangszimmer des Hausvaters und holte sich für das Baby den Segen. Dort begegnete sie des Öfteren

Jo und grüßte sehr freundlich. Jo fragte die Sekretärin nach der jungen Mutter. „Irina lebt mit ihrem Mann und den Kindern seit mehreren Jahren im Kloster. Sie ist eine russische Asylantin und etwas wirr im Kopf", erhielt Jo zur Antwort.
Irina wartete an einem Vormittag auf Jo und sprach sie schüchtern an. „Pani Jo", sagte sie in gebrochener deutscher Sprache. „Verzeihen sie, dass ich sie anspreche, ich möchte sie mit ihrem Sohn in unsere Wohnung ins Herrenhaus einladen. Mein Mann will unbedingt mit ihnen sprechen. Und die Jungen können zusammen spielen."
Jo kam die junge Mutter nach diesen Worten nicht irre vor. Sie sagte für den Abend nach der Wallfahrt zu, denn am nächsten Morgen wollte sie früh abreisen. Schnell verging diese schöne Herbstferienwoche. Das letzte Wochenende war angebrochen. Am Tag der Wallfahrt. Trug der Geistliche das schwere Kreuz. Andreas erhielt einen kleinen Rosenkranz. Er und die jungen obdachlosen Asylanten liefen die zehn Kilometer bis zum Wallfahrtsort dem alten Abt hinterher. Jo hatte den Transport von Messutensilien übernommen. Sie holte auch den älteren Gehbehinderten in seinem Zimmer ab, der dadurch das erste Mal an der Wallfahrt teilnehmen konnte. Die ganze Fahrt bedankte er sich bei Jo. Er wolle für sie beten, versprach er ihr. In der Wallfahrtskirche war kein Platz mehr frei. Die Messe wurde gefeiert. Völlig unvorbereitet erzählte der Abt, dass er allen Pani Jo vorstellen will. Jo musste aus der Bank treten. Er berichtete weiter, sie sei die Wohltäterin der Waisenkinder und wolle nun auch für den Wallfahrtsort Gutes tun. Pani Jo werde im Pfarrhaus, mit Gottes Hilfe, bald ein Mutter-Kind-Dorf errichten. „Damit ihr seht, wie gut Pani Jo für alle sorgt, wird sie jetzt Süßigkeiten für die Kinder verteilen!"

Das war in der Regieanweisung nicht abgesprochen. Der Abt hatte von Jo viele Süßigkeiten erhalten und diese in die Sakristei der Klosterkirche bringen lassen, jedoch vergessen diese mitzunehmen. Jo stürzte aus der Wallfahrtskirche, sie musste sich etwas einfallen lassen. Dazu hatte sie nur DM einstecken. Schnell fuhr Jo in die nächste größere Stadt, tauschte ihr Geld und kaufte eine große Kiste „Gummibärchen - die aussahen wie Haribo." Diese verteilte sie nach ihrer Rückkehr in der Wallfahrtskirche. Immer wieder streckten sich ihr die bereits bedienten Hände entgegen. Wir haben kranke Geschwister zu Hause, die wollen auch Süßigkeiten von Pani Jo haben. Erschöpft lies sich Jo danach neben Andreas auf die Kirchenbank nieder. Doch lange konnte sie sich nicht erholen, denn die Messe war an ihrem Höhepunkt angelangt. Alle begaben sich für das Beten in den Kreuzgang. Der Abt schritt voran, dann die Ministranten und Andreas. Hinter ihnen Jo und Dr. Swoboda, dann folgte die gesamte Kirchgemeinde. Der Geistliche sparte nicht mit Weihrauch, alles war vernebelt. Hustend und brüstend stolperten die ersten Betenden den nebligen Kreuzgang entlang. Als die Prozedur zu Ende war, atmeten alle auf.

Jo hatte schon vorher in der Klosterkirche den verschwenderischen Weihrauchverbrauch als lästig empfunden, der einen unangenehmen Hustenreiz auslöste. Nach der Messe verabschiedete sich der Abt, der noch in der Nacht nach Israel aufbrechen wollte. Frauen weinten aus Angst, um ihren christlichen Vater. Er beruhigte sie. „In 14 Tagen bin ich zurück, dann feiern wir Andreas Erstkommunion, sterben kann ich auch hier. Warum soll gerade mir etwas in Israel passieren, Jerusalem hat nichts mit dem Attentat im Wold Trade Center in New York zu tun."

Am Abend waren Andreas und Jo bei den russischen Asylanten zu Gast. Das drei Monate alte Baby schlief friedlich in dem ärmlich eingerichteten Raum. Wäsche hing in einer Ecke. Obwohl diese Familie augenscheinlich wenig hatte, nur wahllos zusammen gesuchte alte Sitzmöbel, einen Arbeitstisch, Regale und Kisten mit Kleidung, saßen die Gäste auf Kinderstühlen und wurden von der Familie liebevoll aufgenommen und mit selbst Gebackenem und Tee bewirtet. Dieser Raum, war der einzige Ort im Kloster, der Wärme und Geborgenheit ausstrahlte. Irina stellte ihren Mann Petr vor. Er war genau so zierlich wie seine Frau. In seiner Haltung und seinem offenen Gesicht konnte Jo erkennen, dass Petr einen intellektuellen Eindruck machte. Die zwei Kinder, die Jo und Andreas aus der Klosterkirche kannten, zeigten ihr Spielzeug. Es waren Papierflugzeuge und Holzautos. Andreas sah seine Schwester an und flüsterte ihr ins Ohr, „Jo, da müssen wir was von meinen Sachen mitbringen!"
Ein kleines Kätzchen, schaute neugierig ins Zimmer, sah die Fremden und lief wieder weg. Die Kinder nahmen Andreas bei der Hand und folgten dem Kätzchen. Vom Gang hörten die Zurückgebliebenen fröhliches Kinderlachen. Ein vornehm gekleideter älterer Herr trat ins Zimmer. Petr stellte ihn als Pate der Kinder vor, der auf der Durchreise von Hamburg nach Prag war. Von ihm erfuhr Jo, dass die Familie schon sechs Jahre im Kloster lebte. Petr war russischer Diplomat in einem sozialistischen Bruderstaat. Er musste mit seiner Familie flüchten. Auf der Flucht wurde seine zwölf Jahre alte Tochter erschossen. Im Kloster fand er mit seiner schwangeren Frau Asyl. Dafür unterstützte er den Abt bei seinem Tagesgeschäft und juristischen Verhandlungen. Zusätzlich studierte Petr in Prag, um seine Anerkennung als Jurist auch in Tschechien zu

erhalten. Jo fragte Petr, „warum habe ich sie noch nie im Kloster gesehen?"

„Das ist eine sehr traurige Geschichte", antwortete ihr Petr und blickte liebevoll seine Frau an. Der Pate ergriff das Wort. „Plötz kam vor drei Jahren ausgehungert, als deutscher Asylant ins Kloster. Petr und seine Familie, gaben ihm zu essen. Im Kloster lebte damals noch ein tschechischer Pfarrer, der warnte alle vor Plötz. Er sagte immer wieder, „es ist einem tschechischem Kloster unter deutscher Verwaltung untersagt, deutsche Asylanten aufzunehmen!"

Keiner hörte auf den Priester. Alle Angestellten sogar die Obdachlosen hatten Mitleid mit dem verhungerten deutschen Flüchtling. Der Hausvater nahm sich des Mannes an. Er sah in Plötz einen Vertrauten, weil beide ihren letzten Wohnsitz im gleichen deutschen Bundesland hatten. Das erste Opfer von Plötz war der tschechische Pfarrer, der vor ihm gewarnt hatte. Ihm wurden Sachen unterstellt, die er nicht begangen hatte. Der Abt glaubte dem deutschen Plötz und der tschechische Pfarrer musste das Kloster verlassen. Menschen die Plötz entgegen traten, wurden von ihm denunziert. Langjährige Angestellte die Plötz im Wege waren, wurden entlassen, nachdem er gegen sie beim Abt aussagte. So ein Schicksal hatte auch Petr. Plötz lies ihn nicht mehr zur Audienz beim Abt vor. Petr soll aus dem Kloster ausziehen und getrennt von seiner Familie leben!"

Dies war Jo zu viel an diesem spektakulären Tag, abgesehen von der ungeplanten Spendenaktion und den Weihrauch in der Wallfahrtskirche. Sie wollte und konnte nicht mehr weitere Hiobsbotschaften verkraften. Jo bat um Nachsicht, da sie noch Koffer packen musste und verließ mit Andreas die nette Familie. Das Erzählte ging Jo die ganze Nacht durch den Kopf. Früh zeitig reiste sie, ohne Frühstück, mit ihrer kleinen Familie ab.

Jo erhielt nach ihrer Rückkehr einen Anruf von der Fernsehredaktion, Geschichten aus dem Leben. Der Redakteur fragte, „was gibt es Neues? Wir berichten bei einigen interessanten Themen unseren Zuschauern, wie die Geschichte weiterging."
Jo erzählte von zwei Kinderheimen, die sie besucht hatte.
„Das ist toll, können wir in einem Kinderheim drehen?", fragte der Mann am anderen Ende der Leitung.
Jo erklärte ihm, dass sie dazu den Kontakt zum Kloster aufnehmen müsse, denn nur über die Vermittlung des Klosters darf sie die Heime betreten.
Wieder fragte der Mann, „was haben sie um Gottes willen, nun mit einem Kloster zu tun?"
Jo berichtete von dem Brief des Priesters aus der Sendung dieses Fernsehsenders, der ihr den Weg ins Kloster geöffnet hatte, ihren neuen Hilfsaktionen und der bevorstehenden Erstkommunion von Andreas im Kloster.
„Ich melde mich wieder!", war nach einer langen Denkpause die Antwort des Mannes vom Fernsehen. Bereits am nächsten Tag erhielt Jo wieder einen Anruf von dem Redakteur.
„Haben sie schon im Kloster angerufen, und mitgeteilt, dass wir nach der Kommunion 13.00 Uhr ins Kinderheim kommen?"
Jo war perplex. „Nein, sollte ich das?"
„Habe ich ihnen das nicht gesagt? Ich brauche noch die Noten und den Text von Andreas Lied. Bitte faxen sie mir das alles noch heute zu. Sie haben mir von dem Chor aus Wien erzählt, der im Kloster gastiert, können sie die Leute erreichen?", dann legte der Mann auf und Jo hatte wieder mächtig zu tun. Sie setzte sich mit der Sekretärin vom Kloster in Verbindung. Diese versprach die Adresse des Chors aus Wien aufzutreiben und das Kinderheim zu bitten, dass eine Genehmigung zum Drehen erteilt wird.

Abends hatte Jo die Telefonnummer des Wiener Chors. Sie schickte die Noten des Kinderliedes an den Redakteur. Am Tag vor ihrer Abreise ins Kloster zur Vorbereitung der Kommunionsfeier erhielt Jo einen Satz neuer Noten. Der Redakteur hatte über Nacht mit dem Pianisten die Noten für den Chorgesang umgeschrieben. Jo staunte, die haben beim Fernsehen tolle Leute! „Wir kommen am Samstagabend mit fünf Personen, bitte sorgen sie für eine Übernachtung. Geht alles klar mit dem Kinderheim? Tschüs, liebe Grüße an Andreas."
Das war eine klare unmissverständliche Ansage. Noch hatte Jo nicht die Zusage vom Kinderheim und zu dem Chor aus Wien gab es auch noch keinen Kontakt. Dafür wollten viele Familienangehörige, Freunde und Vereinsmitglieder am Sonntag zur Erstkommunion anreisen. Mit Bauchkneipen und einem gemischten Gefühl reisten Jo mit Andreas und der Hündin Susi ins Gebirgskloster.

Das Auto war voll beladen mit Lebensmittel für die Kommunionsgäste und Süßigkeiten sowie Spielsachen für die Kinder der russischen Familie im Kloster und für das Kinderheim.
Jo und Andreas erhielten ein Zimmer im ersten Stock, auf dem Tisch standen Obst von den Obdachlosen und ein Zettel von der Sekretärin. Das Kinderheim erwartete das Fernsehen am Sonntag 15.00 Uhr nach dem Mittagsschlaf. Nur nicht nervös werden dachte Jo, ich muss den Redakteur hinhalten, er wollte 13.00 Uhr im Kinderheim drehen. Er kann froh sein, dass wir drehen dürfen. Sie dachte an die Erlebnisse mit Frau Doktor im Kinderheim Johanka. Auf dem Zettel stand noch, dass die Wiener erst am späten Abend anreisen. Sie solle persönlich mit dem Chorleiter sprechen und ihm ihr Anliegen vortragen. Jo wartete auf den Chor.

Kurz vor Mitternacht trafen die ersten Mitglieder ein. Sie fragte sich bis zum Chorleiter durch. Diesem erklärte sie das Anliegen des Fernsehens aus Deutschland. Der Chorleiter war ein sympathischer Österreicher. „Nun dann schauen wir mal", sagte er und nahm die Noten an sich.
Am nächsten Morgen war Jo schon früh wach und wartete im Speisesaal auf den Chorleiter.
„Gnädige Frau", sagte er lachend, „das Kinderlied ist so süß und leicht zu singen, wir üben es morgen vor der Messe ein. Heute unternehmen wir eine Exkursion. Meine 40 Chormitglieder können nicht alle von einem Blatt absingen, bitte vervielfältigen sie die Noten mindestens vierzigmal."
„Danke", sagte Jo und suchte den Administrator. Heute am Samstag war die Kanzlei geschlossen. Zum Bürgermeister konnte sie nicht gehen und den Administrator fand sie nicht im Kloster. Sie traf ihn endlich beim Abendbrot. Jo erklärte ihm, dass der Chor vierzig Notenblätter kopiert haben möchte. Plötz entgegnete kalt, „warum haben die das nicht selbst gemacht, unser Kopierer ist kaputt. Warten sie, ich werde später daran denken." Er verlies danach das Kloster.
Das Fernsehteam aus Deutschland war angereist und untergebracht. Eine kurze Beratung und Absprache für den nächsten Tag fand in der Gebirgsgaststätte statt. Jo sagte nichts von ihren Problemen, der Terminverschiebung im Kinderheim und der noch nicht kopierten Notenblätter. Sie gab zu Bedenken, dass der Abt erst in der Nacht aus Israel kommt und nichts von den Dreharbeiten während der Kommunion weiß, also völlig überfallen wird. Sie wurde beruhigt, da hätte das Drehteam schon Erfahrungen. Jo fand in der Nacht keinen Schlaf. Sie grübelte, was wird, wenn die Noten

nicht kopiert werden, der übermüdete Abt das Fernsehen ablehnt und wir zu früh ins Kinderheim kommen?

Früh stand Jo mit den Noten im Klosterhof und hielt Ausschau nach dem Administrator. Als sie ihn endlich 8.00 Uhr, eine Stunde vor der Messe, in der Klosterkirche fand, war dieser Mann mehr wie begriffsstutzig. Er hielt sie hin. Erst als sie die Fernsehleute über die fehlenden Notenblätter in seinem Beisein informierte, gab Plötz den Schlüssel für das Arbeitszimmer heraus. Der Kopierer machte alles, nur nicht kopieren, immer wieder blieb das Papier hängen. Jo hatte endlich ihre vierzig Seiten Noten kopiert. Die Uhr zeigte 8.50 Uhr, da schloss es an der großen Tür und der Abt trat ein. Er wollte wissen, was sich Jo so emsig am Kopierer zu schaffen machte. Sie erklärte ihm die Situation und dann das mit dem Fernsehen, er zog die Stirn in Falten und kratzte sich am Bart. Dann fiel ihm ein, dass Jo noch nicht gebeichtet hatte. Auch das noch, dachte sie. Jo war seit 6.00 Uhr auf der Suche nach Plötz, hatte Andreas nicht mehr gesehen und sie war auch noch nicht festlich angezogen. Die Gejagte durfte ihre Unruhe dem Hausvater nicht zeigen, sonst lehnte er womöglich das Fernsehen ab. Der Abt führte Jo in die kleine Hauskapelle. Die Klosteruhr schlug neunmal. Der Abt ging alle zehn Gebote durch. Jo wusste nicht, wogegen sie verstoßen hatte. Völlig mechanisch antwortete sie bis auf die Frage nach ihrem Sexualleben. Was hatte der Abt eben gefragt? Nein so eine Frage hatte sie noch nie gestellt bekommen. Jo war plötzlich wieder voll konzentriert. Als Absolution erhielt sie zwei Vaterunser für all ihre weltlichen Sünden. Befreit stürzte sie in ihr Zimmer. Andreas war weg und seine Festtagskleidung auch. Sie fand nur noch die Kommunionskerze. Jo kleidete sich schnell an und rannte in die Klosterkirche, hier verhandelten die Fernsehleute mit dem Abt. Jo verteilte die Notenblätter an den Chor.

Als sie sich Andreas und der Familie näherte, erntete sie bitterböse Blicke. Die sagten; „hättest du nicht früher aufstehen können? Wir haben überall nach die gesucht? Wo hast du dich Rumgetrieben, so was verantwortungsloses, den Jungen ohne Frühstück allein zu lassen!" Was wussten die schon, ging Jo in sich.
Die Messe begann, die Kirche war brechend voll. Das Fernsehen schnitt die Messe mit. Der Geistliche erzählte plastisch von seiner Reise und seiner Wanderung auf den Berg Sinai. Dem Frieden, der bereits im Kleinen, in der christlichen Gemeinde, erhalten werden sollte. Jo dachte an die Schikanen von Plötz, des Klosters Administrator.
Dann sprach der Abt Andreas an, er wollte auch zu Jo etwas sagen. Im fiel ihr Name nicht mehr ein. Er fragte sie, „sag mal, wie heißt du eigentlich?" Plötzlich betroffene Stille ... Nach dem Sakrament der Heiligen Erstkommunion für Andreas erklärte er, dass der Chor das Kinderlied singt, welches Andreas vor zwei Jahren für das Kinderheim komponiert hatte. Dazu holte er Andreas zu sich an den Altar. Der Chor sang das Lied Johanka. Die Gemeinde und Gäste waren benommen, eine Pause, alle klatschten Beifall. Nach dem gemeinsamen Mittagessen im Speisesaal des Klosters, fand im Festsaal ein Interviewe mit Jo und dem Geistlichen statt. Für die Fortsetzung der Sendung, in „Nachgefragt" sollte Jo darüber sprechen, was sie im Ergebnis der Sendung erlebt hatte. Danach fuhr das Fernsehteam mit Jo ins Kinderheim. Pünktlich 15.00 Uhr klingelte sie mit ihren Begleitern an der Heimtür. Die Kinder freuten sich über den Besuch. Der Bericht im Fernsehen wurde von den Zuschauern als besonders gelungen bezeichnet.
Auch der Gewinnorientierte private Musiklehrer von Andreas hatte die Sendung gesehen und verlangte vom Produktionsleiter einen finanziellen Anteil.

Eine peinliche Rückfrage bei Jo folgte.
„Wieso haben sie uns nicht erzählt, dass der Lehrer, das Lied geschrieben hat."
Jo legte die Rechnung vor und erklärte, dass ihr Bruder das Lied lediglich mithilfe des Musiklehrers musikalisch bearbeitet hatte. Der Text und die Melodie stammen von unserer Familie und der Fernsehmann hatte alles für den Chor umgeschrieben, also was wollte der Lehrer noch?
Der Redakteur meinte, „dann hätte ich mir gleichfalls meine Nachtarbeit, Umschreiben für den Chor, von ihnen bezahlen lassen können!"
Andreas kündigte daraufhin seine ehrenamtliche Musikstunde im Seniorenheim, er wollte nicht wieder in Gewissenskonflikte kommen, das Johankalied spielen zu müssen. Danach stellte er sein Keyboard in die Ecke und spielte keine Note mehr!

Jo berichtete nach der Rückkehr aus dem Kinderheim über ihre Erlebnisse. Andreas war an diesem Tag bereits mit seinen Kommunionsgästen aus Deutschland mitgefahren und wartete zu Hause auf sie. Das Kommunionskind zeigte der Schwester stolz seine Geschenke, neben Sachgeschenken, hatte er 200 DM erhalten. Sie musste ihm mitteilen, „du weißt, dass wir dem Abt eine Spende geben müssen. Er erwartet 200 DM, über Dammwild wie die Fürstenfamilie Lobkowitz, verfügen wir nicht!"
„Nein Jo, soll ich wirklich mein Geld hergeben? Du hast das Essen für alle Gäste und den Chor ins Kloster gebracht und noch viel mehr, reicht das nicht aus? Mit diesem Geld kann ich endlich auch einmal mit ins Landheim fahren!"
„Andreas, das ist eine Ehrensache, ich muss zumindest das Geld mitnehmen!", tröstete sie ihn.

Andreas nahm ihr das Versprechen ab, „du erzählst dem Abt, dass dies meine Geschenke sind."
Als Andreas schlief erzählte ihr die Vereinsvorsitzende, wie sie den Tag erlebt hatte. Die Verwandten und Vereinsmitglieder waren verwundert, dass sich Jo nicht um ihren Bruder gekümmert hatte und über Stunden unauffindbar blieb. Auch nach der Feier hatte Jo nicht eine Minute Zeit, sich der Familie und dem Kommunionskind zu widmen. Das war keine festliche Feier, alle waren enttäuscht abgereist. Andreas erhielt keine Urkunde von Kloster ausgestellt.
Sie berichtete weiter. Der Chorleiter hatte Andreas zum Abschied die Hand gereicht und ihm Mut zugesprochen, sich weiter mit der Musik anzufreunden, er sei dafür begabt. Danach hatte er der Vereinsvorsitzenden erzählt, dass er negative Erfahrungen mit dem Kloster gemacht hatte. Am Anreisetag war es sehr spät, übermüdet vergaß er seine persönlichen Sachen vor der Zimmertür in der zweiten Etage des Gästetraktes, die nur von Gästen und der Klosterleitung betreten werden darf. Am Morgen fand er die Geldbörse leer. Die Vorsitzende fragte, „warum beschweren sie sich nicht beim Hausvater?"
Der Chorleiter erwiderte, „ich habe noch meinen Pass, den kranken Abt möchte ich nicht aufregen. Wir wollten das Kloster mit unseren kostenlosen Chorauftritten unterstützen, jedoch dieser Auftritt war der Letzte hier. Wir haben miterlebt, wie unfreundlich Pani Jo behandelt wurde und können das nicht für Gut heißen.

Jo erhielt nach Wochen wieder einen Anruf von dem Manager des Internationalen Kinderhilfswerkes. Sie fragte Pit Teufel nach der Ausstellung in seiner Heimatstadt. Er berichtete, es sei alles schief gegangen, die lokale Presse hatte ihm "Spendenbetrug" unterstellt. Er musste die Ausstellungsräume sofort räumen, dabei seinen die

Exponate, die der Bürgermeister und das Kloster zur Verfügung gestellt haben, zerstört wurden. Er werde gegen die Schreiberlinge mit seiner Rechtsabteilung vorgehen, die in Amerika sitzt. Jo möge das Kloster und den Bürgermeister informieren.
Sie fuhr mit dieser Hiobsbotschaft ins Kloster. Der Abt nahm diese Information zur Kenntnis. Sein Administrator schmunzelte. Jo berichtete, dass sich zwei Sponsoren bei ihr gemeldet hatten, die Transporte ins Kloster bringen wollen. Ein Kindernahrungshersteller aus Bayern hatte zugesagt mehrere Paletten mit Babynahrung zu spenden. Jo musste noch ein Transportfahrzeug organisieren. Dem Abt fiel ein, dass Jo einen Kleinbus im Kinderheim von Engel stehen gelassen hatte.
„Warum holen sie den Bus nicht, schließlich haben wir den Aufbau des zentralen Lagers für Kinderheime übernommen und für das Mutter-Kind-Haus brauchen wir ein größeres Fahrzeug."
Jo wollte mit Herrn Engel nichts mehr zu tun haben, was wiederum der Administrator als ein Schuldeingeständnis wertete. Jo schlug vor, das Kinderhilfswerk von Pit Teufel zu bitten, die Spenden abzuholen und ins Kloster zu bringen. Dieser Vorschlag fand seine Zustimmung. Dann sprach der Abt ausführlich über die Reise nach Israel und seiner Zwiesprache mit Gott auf dem Berg Sinai und die schöne Kommunion von Andreas. Jo machte ihm das Angebot, die Messgewänder zu reparieren. Ihr war bei der Kommunionsfeier aufgefallen, dass die Kleidung der Messdiener ausgefranst war. Der Abt erklärte sich einverstanden, er wollte die Messgewänder zur Abholung bereitlegen lassen.
Jo erzählte dem Abt von den Dreharbeiten im Kinderheim und fragte, „was erhalten sie für ihre Aufwendungen für die Kommunion von Andreas?"

Er kratzte sich am Bart, sprach wieder von den Adligen mit dem Damwild und lies durchblicken, das über eine Spende gesprochen worden war. Jo berichtete, dass Andreas Geschenke erhalten hatte und 200 DM. „So", meinte der Abt", dafür hat er so viel Geld bekommen!" Sein Administrator nahm das Geld und stellte eine Empfangsbescheinigung aus.

Jo wollte nach diesem Gespräch sofort abreisen. Die Sekretärin lief ihr mit einem Zettel nach. „Pani Jo warten sie bitte. Der Bürgermeister will sie dringend mit dem Klosterobmann, Dr. Swobota im Rathaus sprechen!" Dr. Swoboda stand schon am Auto und wartete. Im Rathaus angekommen, wurde sie freundlich vom Bürgermeister begrüßt und bewirtet.

„Was gibt es so Dringendes?", wollte Jo wissen.

„Ich hörte bereits von MUDr. Swoboda, dass wir nicht nach Deutschland fliegen", begann der Bürgermeister das Gespräch.

„Ich habe noch einige Zuarbeiten für die Fördermittelbeantragung nach Prag zu ergänzen, welche Spenden erhalten wir aus Deutschland für das "Mutter-Kind-Dorf?"

Jo berichtete, dass zwei Spendentransporte mit Möbeln und Gebrauchsgütern in den nächsten Tagen eintreffen und die Internationale Polizei ihre Hilfe zugesagt hatte. Jo schätzte die Hilfstransporte für das laufende Jahr mit ca. 100 TDM ein. In der Beantragung müssen wir nur 25 TDM geplantes Eigenkapital angeben. So braucht keiner ein schlechtes Gewissen haben, denn allein die 2000 Paar Schuhe und die bisher gelieferten Hilfsgüter, die im Hauptlager des Klosters liegen, sind mehr wert. Die Antragsteller waren das Kloster, die Stadt und der Verein.

Daraufhin legte der Bürgermeister die Stirn in Falten, machte eine lange Pause, sprach sehr schnell und

aufgeregt. Dr. Swoboda übersetzte Jo die Worte des Bürgermeisters.
„Liebe Pani Jo, wir haben sehr große Sorgen mit dem Kloster. Es ist in der Bevölkerung verhasst!"
Jo hatte davon nicht den Eindruck, alle waren freundlich auch die Bewohner des Gebirgsortes. Ihr war lediglich aufgefallen, dass die tägliche Messe wenig besucht war.
Dr. Swoboda sprach weiter, „wir haben eine Bitte. Finden sie in Deutschland, mithilfe ihrer Polizei heraus, wer Plötz ist! Er kam ohne Pass ins Kloster. Wir kennen nur seinen Namen, wann und wo er geboren ist. Diese Angaben bekommen sie von der Sekretärin. Wir haben viele Anzeigen unserer Polizei auf dem Tisch, die wir nicht bearbeiten dürfen, weil er ein Deutscher ist. Zum Beispiel parkt er immer rüpelhaft auf einem Rasenstreifen mit dem Klosterbus vor einem Spielsalon an der Europastraße 55!"
Jo fragte Dr. Swoboda, „sie sind der Klosterobmann und Mittelsmann des Klosters zu den Behörde, warum sagen sie das nicht dem Klosteroberhaupt?"
Beide Männer sahen sich betroffen an.
„Das können wir nicht!"
„Warum?", wollte Jo wissen.
„Der Abt untersteht der römisch katholischen Kirche, als deutscher Mönch übernahm er das Kloster vor vielen Jahren. Er war allein und stellte sich einen deutschen Administrator zur Seite. Plötz vertraut er mehr als uns Tschechen. Jede Kritik an Plötz sieht er als Deutschenhass an. Das hat ihm der Plötz eingeredet!"
Der stark gläubige Kirchenobmann übersetzte nicht alles. Jo hatte noch das Wort Kinderprostitution gehört, weil der Bürgermeister so schnell sprach, konnte sie nicht alles verstehen. Sie stand in einer Zwickmühle.

Dr. Swoboda war ein Deutschtscheche auch die Klostersekretärin. Sie hatte Sympathie zu Beiden und konnte nicht glauben, dass die zwei Menschen in der Nähe des Geistlichen und der objektive Bürgermeister lügen. Jo hatte selbst erlebt, wie hinterhältig Plötz zu den Mitarbeitern war. Von der Sekretärin erhielt sie vor ihrer Abreise nach Deutschland die persönlichen Angaben von Plötz, mit den Worten, „mir tut der kranke Geistliche leid. Er vergisst immer alles und Plötz hat ihn mit irgendetwas in der Hand, mehr kann ich nicht sagen. Plötz verfügt über die Klosterkasse, es fehlen 70 TDM."

Jo konsultierte in Deutschland sofort die Internationale Polizei, sie erhielt die Empfehlung eine Anzeige zu erstatten. Jo wollte den deutschen Geistlichen nicht hintergehen und vor einer Anzeige erst mit ihm sprechen. So beantragte sie bei der Sekretärin einen Termin für eine Aussprache.
Der Manager Teufel des Kinderhilfswerkes hatte inzwischen die Zusage gegeben, die Paletten mit Babynahrung aus Bayern abzuholen und ins Kloster zu bringen. Die Entgegennahme der Paletten aus Bayern, das Abholen der Messgewänder zum Reparieren und ein Gespräch unter vier Augen, sollten am folgenden Tag stattfinden.
„Der Abt erwartet sie, stand auf dem Fax aus dem Kloster." Jo fuhr mit einer Schneiderin und zwei Vereinsmitgliedern ins Kloster. In der Kanzlei wurde ihr mitgeteilt, dass der Abt am Morgen nach Deutschland zum Zahnarzt und zur Beichte gefahren sei. Genau in die Stadt, in der Jo lebt. Ihre ersten Gedanken waren, warum hat er mich nicht verständigt und seine reparaturbedürftigen Mönchkutten nach Deutschland gleich mitgebracht. Ich hätte mir diese sinnlose Fahrt und Kosten sparen können.

Der Administrator erwartete sie bereits allein im Klosterhof. „Schön, dass sie endlich kommen, ich soll ihnen die Kutten übergeben."
Er legte die zehn verschmutzten und kaputten Kutten auf den Tisch.
„Und des Weiterem habe ich den Auftrag, sie aufzufordern ihre Spenden aus dem Hauptlager zu entfernen. Oder besser, nehmen sie ihren ganzen Dreck gleich wieder mit. Wir brauchen ihn nicht!"
Er warf ihr den Lagerschlüssel vor die Füße. Die Obdachlosen wollten Jo und ihren drei Begleitern helfen, die Spenden aus Hauptlager zu tragen. Die 2000 Paar noch unberührten Schuhe, Kinderwagen, Kleidersäcke, Spielsachen und Gebrauchsgegenstände. Der Administrator ließ die Hilfe bis zur Tür auf dem Gang zu, dann jagt er die Obdachlosen weg und verbot ihnen das Spendengut noch einmal zu berühren. Die Sekretärin ging nach Hause, sie schüttelt mit dem Kopf. Aus irgendeiner Quelle hatte Plötz von dem Gespräch beim Bürgermeister erfahren und begann sich zu wehren.
Als Plötz 15.00 Uhr den Bus bestieg, um zum Spielsalon zu fahren, waren alle Obdachlosen wieder da und halfen Jo die gesamten Spenden in den anderen Gebäudetrakt zu tragen. Spät reist Jo mit ihrem enttäuschten Team ab. Nicht einmal das Kinderhilfswerk, Herr Teufel mit der Babynahrung aus Bayern war wie versprochen angereist. Damit war der Ausflug ins Kloster ein Flop.
An der Grenze wurden sie vom Zoll festgehalten. Die deutschen Zöllner sahen die Mönchskutten. Jo musste sich zwei Meter von ihrem Auto fernhalten, auch die anderen Personen wurden aufgefordert das Auto zu verlassen. Nun begann eine gründliche Untersuchung. Erst nach einer Rückfrage im Kloster war der Verdacht der „Vermummung" aus dem Weg geräumt.

Erst um Mitternacht kam Jo zu Hause an. Großes Interesse, die vergammelte Kleidung des Klosters zu reparieren und zu reinigen, bestand bei den Vereinsmitgliedern nicht mehr.

Das Kloster und der Bürgermeister warteten weiter auf die Paletten mit Babynahrung, die Teufel aus Bayern abholen und ins Kloster bringen wollte. Er hatte sich am Morgen aus München gemeldet und seine Ankunft für den späten Nachmittag angekündigt, um die Paletten mit Babynahrung einzulagern. Aus dem Westerzgebirge erhielt der Bürgermeister von Pit Teufel die nächste telefonische Information, dass der Transport ohne Probleme von statten ging, in zwei Stunden sei die Ankunft im Kloster. An diesem Tag, noch an den Folgenden trafen keine Paletten mit Babynahrung ein. Der Abt glaubte an einen Unfall und begann zu beten. Der Projektmanager Teufel vom Internationalen Kinderhilfswerk und die Spenden blieben verschollen.

Nach langer Zeit erhielt Jo wieder einmal Post der Dame vom Jugendamt. Das, was die Frau schrieb war absurd. Jo wurde vorgeworfen, dass sie einem Verein, der zur Auslandsadoption berechtigt sei, Listen mit Namen übergeben habe. Jo solle sich zu ihren neuerlichen ungesetzlichen Aktivitäten äußern.
Sie konnte zu den Vorwürfen keine Stellungnahme abgeben.
Jo berichtete Teufel davon, dieser lachte.
„Habe ich das vergessen ihnen zu sagen? Ich nahm die unbearbeitete Postliste im Kloster von ihrem Schreibtisch an mich. Daraufhin habe ich alle Briefe beantwortet und die Schreiber über unsere Zusammenarbeit und die neuen Gesetze aufgeklärt. Schließlich bearbeitet ein seriöser Verein seine Post sofort!"

Machen sie sich nichts daraus, beruhigte er Jo, ich werde dem Jugendamt schreiben, dass unser Internationales Kinderhilfswerk, mit einer anerkannten Adoptions-Vermittlung zusammenarbeitet und ich die Schreiber nur darüber informiert habe. Die Leute haben einen Anspruch auf Informationen. Ich werde der Dame vom Jugendamt schreiben und in der Anlage mein unverfänglich verfasstes Schreiben an die Antragsteller beilegen."

Jo erhielt von ihm ein Fax mit dem Anschreiben an die Amtsdame und die Anlage seines Schreibens auf die Postliste. Das ohne ihr Wissen verschickt worden war. Wie konnte Teufel eine Postliste die nur Posteingänge beinhaltete; wie Sponsorenanfragen und Anschreiben zur Adoption, ohne Rücksprache mit Jo, für seine Aktivitäten benutzen und einfach an sich nehmen?

Was sollte die Betriebsamkeit?

Schon der erste Satz im Anschreiben stimmte nicht. Teufel kannte die Zusammenhänge nicht. Er wusste nicht, dass Jo alle Originalschreiben dem Jugendamt zur Bearbeitung übergeben hatte und das Jugendamt die Briefe mit einem Begleitbrief an die Bittsteller zurückgeschickt hatte.

Er hatte geschrieben:

„Unsere CZ - Beauftragte, Pani Jo, hat uns ihren Brief zuständigkeitshalber zur Bearbeitung übergeben."

Es gab keine Briefe, die an Teufel übergeben werden konnten, das hätten die Angeschriebenen und das Jugendamt zuerst feststellen müssen. Das Jugendamt hatte alle Originalbriefe, später die Redaktion des privaten Fernsehsenders, zurückgeschickt und damit waren die Briefeschreiber wieder im Besitz ihrer eigenen Briefe.

Wenige Tage später meldete sich ein Verein der Auslandsadoptionen betrieb und erklärte, er sei der Geschäftspartner des Internationalen Kinderhilfswerkes. Der Manager Teufel habe ihm eine Liste mit Namen übergeben. Die Vorsitzende dieses Vereins wollte wissen, welche Gesetze es in Tschechien gibt. Jo erklärte ihr verärgert, dass eine Adoption nach Tschechien nicht möglich sei, sie verwahrte sich zu der Problematik weiter zu sprechen. Der Manager Teufel stellte gegenüber dem Adoptionsverein dieses Missverständnis richtig. Adoptionsanliegen werden nur in der Geschäftsstelle des Internationalen Kinderhilfswerkes bearbeitet. Frau Jo und ihr Verein sichert die Spendenbearbeitung mit dem Kloster ab. Der Verein möge in Zukunft keine Anrufe an Dritte mehr tätigen, sonst beendet er, Pit Teufel, die Zusammenarbeit.

Nach einer Woche reiste der Manager des Internationalen Kinderhilfswerkes persönlich an. Er verlangte, dass Jo ihn ins Kloster begleitet. Er hatte mehrere Packungen Babynahrung und Obst, sowie Haribo in seinem PKW. Die Babynahrung stellte er dem Bürgermeister, als schnell verderblich vor. Zum Schutz der Waisenkinder habe er die restliche Babynahrung in seiner Heimatstadt verschenken müssen. Die Mindesthaltdauer auf den Gläsern betrug noch ein halbes Jahr.
Vom Abt verlangte er Unterschriften auf Verträge für das Mutter - Kind – Dorf. Die Antragsteller an den Zukunftsfonds waren nun nur noch das Internationale Kinderhilfswerk und das Kloster. Das beantragte Geld sollte nicht auf das tschechische Konto, sondern auf das Konto von Teufels Kinderhilfswerk gehen.
Damit war Jo völlig ausgegrenzt und der Antrag stimmte in seinem Wortlaut nicht mehr.

Nur unter dieser Bedingung war Teufels millionenschwerer Vater bereit, Geld zur Verfügung zu stellen. Zusätzlich wollte Pit Teufel einen Vertrag über das Nebenlager im Kloster haben, das der Abt Pani Jo zur Verfügung gestellt hatte und einen Vertrag zur Nutzung des Pfarrgebäudes im Wallfahrtsort. Die Mietdauer sollte 25 Jahre betragen zu einer Gebühr von einer tschechischen Krone. Schließlich wolle das Internationale Kinderhilfswerk Tausende von DM in diese Objekte stecken. Der Abt bot sich Bedenkzeit aus. Teufel unterbreitete den Vorschlag, die Kinder der zwei Kinderheime zur Nikolausfeier ins Kloster einzuladen und gemeinsam mit den Kindern des Gebirgsortes zu beschenken. Der Abt war mit diesem Vorschlag einverstanden.
Wieder fand Jo keine Gelegenheit mit ihm über das Gespräch mit dem Bürgermeister im Rathaus und den unfeinen Rauswurf aus dem Lager zu sprechen.
Auf der Rückreise sah Jo im Auto des Kinderhilfswerkes den Zeitungsartikel über den Vorwurf des Spendenbetruges gegen Teufel. Sie notierte sich die Zeitung und das Erscheinungsdatum. Jo rief die Redaktion der Zeitung an und wurde von dem Redakteur vor Teufel gewarnt. Der Reporter riet zu einer Anzeige. Weder sei Teufel reich noch habe der Vater eine Million, sondern lediglich ein Bestattungsunternehmen. Jos Vereinsmitglieder hatten den Text des kompletten Zeitungsartikels aus dem Internet geholt. Und die Internetseite des Internationalen Kinderhilfswerkes kopiert. Hier hatte Teufel das Kloster als seinen Geschäftspartner vorgestellt. Nicht nur Jo war seine Vereinsmitarbeiterin, nein nun war auch Dr. Swoboda, ohne sein Wissen, der Vereinsdolmetscher des Internationalen Kinderhilfswerkes. Noch immer waren die Bilder der Zeitschrift über Jos Mission in seiner

Homepage. Teufel hatte auch ein Bild des Abtes mit Kleintimmi von den Schuhsponsoren aus der Kanzlei entnommen und in seine Homepage gestellt. Auf einer Seite „unsere Kinderheime", zeigte er Bilder der Kinder, mit Namen und Alter und suchte Paten für die Mädchen bis 17 Jahre, ohne dazu eine Erlaubnis von den Heimleitungen einzuholen.

Im Artikel der Zeitung stand:

„Der Manager des Internationalen Kinderhilfswerkes Teufel hatte für Versicherungsbetrug und Abbrennen seines Swingerklubs eine sechsjährige Haftstrafe zu verbüßen. Er wurde vor drei Wochen in den offenen Vollzug entlassen worden."

Jo rechnete nach, das waren zwei Tage vor seinem ersten Besuch im Kloster. Für sie völlig unverständlich, dass er aus dem Gefängnis mit ihr telefonierte und den Fernsehsender für das Kloster begeistert hatte, seine Homepage aufbaute und als Freigänger die Osteuropagrenze passierte durfte!

Ein Christliches Hilfswerk hatte sich angekündigt. Gemeinsam mit Jo wollten sie am letzten Samstag des Monates November für die Nikolausfeier des Klosters, für die Kindern des Gebirgsortes und die zwei Waisenhäuser Geschenke ins Kloster bringen.
Deutsche Warenhäuser hatten neue Spielsachen, Kinderwagen und Kleidung zur Verfügung gestellt. Am kleinen Grenzübergang lies der Zoll die Sponsoren nicht passieren. In der Vergangenheit hatte Jo öfter Probleme mit den tschechischen Zollbeamten gehabt. Diese Beamten interessierte die Hilfe für die Waisenkinder nicht.

Die Kirchgemeinde und die vier Helfer in den Autos schickten ein Stoßgebet gen Himmel. Hoffentlich lassen uns die Zöllner in Zinnwald mit unseren Hilfsgütern über die Grenze. Das Gebet hatte geholfen, sie durften dort die Grenze unbehelligt passieren. Im Kloster angekommen suchte Jo das Empfangszimmer des Abtes auf. Sie stellte fest, dass sich in dem Raum etwas verändert hatte. Der Abt saß, wie bei ihrem ersten Besuch am Ende des großen Tischs. Er stand dieses Mal nicht auf, sondern begrüßte die Gäste im Sitzen. Über ihm war ein dunkles Banner angebracht. Zweisprachig stand da zu lesen, „an diesem Tisch wird über Abwesende nicht schlecht gesprochen, sonst hat dieser den Raum zu verlassen!"
Der Administrator war nicht anwesend, nur Dr. Swoboda. Der Hausvater vermied es mit Jo persönlich zu sprechen. Sie sprach mehr mit Dr. Swoboda. Ihm berichtete sie über die negativen Vorkommnisse mit dem „Kinderhilfswerk. Der Geistliche schaute währenddessen unbeteiligt aus dem Fenster. Er bemerkte schließlich, „ich sehe, sie haben etwas gegen Herrn Pit Teufel. Das ist ihre Sache, das Kloster kann auf seine einflussreiche Hilfe nicht mehr verzichten. Ich werde die Verträge prüfen lassen. Eins verspreche ich ihnen. Eine gemeinsame Veranstaltung aller Kinder wird es im Kloster nicht geben, dafür reichen die Räumlichkeiten nicht aus. Mehr will ich in dieser Angelegenheit nicht tun!"

Zu den Gästen des Christlichen Hilfswerks war er freundlich. Der Abt war wieder ganz der Mann Gottes, alle Wärme und Verbindlichkeit war gewichen. Der Abt erklärte, er werde am Nikolaustag, wie in jedem Jahr 100 Kinder aus seiner Klostergemeinde empfangen. Natürlich sei er dem Christlichen Hilfswerk dankbar für die Gaben, die sie heute mitgebracht haben. Selbstverständlich kann das Christliche Hilfswerk die Spenden am Nikolaustag persönlich überreichen. Der Sprecher des Hilfswerkes übergab dem Abt eine Liste der Spenden, die er schon heute mitgebracht hatte und im Kloster eingelagert werden sollte. Der Abt legte die Liste auf den angestauten Papierhaufen. Danach gab er den Gästen zu verstehen, dass für ihn das Gespräch beendet sei. Eine Aussprache mit Jo war wieder nicht möglich. Der Klosterobmann, Dr. Swoboda, sollte die Spenden im Nebenlager von Pani Jo, bis zum Nikolaustag verwahren. Die Gäste luden ihre Spenden aus und dokumentierten die Einlagerung auf Video.

Jo hatte inzwischen einen weiteren Artikel einer anderen lokalen Zeitung erhalten, die über Aktivitäten des Internationalen Kinderhilfswerkes berichteten.
"Spenden zu verschenken", das Verfallsdatum läuft ab, Pit Teufel stand vor einigen Paletten mit Babynahrung, dahinter ein Schild mit der Werbung vom Kloster. Da stand zu lesen, „entgegen der schlechten Kritik im Anzeiger, verschenkt der Verein mehrere Packungen Babynahrung an kinderreiche Familien!"
Die Babynahrung, die er für Tschechien erhalten hatte, verschenkte er, gegen den Willen der Sponsoren aus Bayern, in seiner Heimatstadt in Deutschland.
Jo las in der Homepage, dass Teufel Paten für tschechische Kinderheime suchte und diese für die Nikolausfeier in die Kinderheime einlädt. Er sprach auch von Adoption und dass die Heime es gern sehen, wenn die Anwärter schon vorher Kinderpatenschaften übernehmen. Jo rief daraufhin Teufel an, „ihre Homepage muss geändert werden. Ihre Einladung ist gegen das Hager Abkommen, die Heime dürfen keine Adoptionswärter empfangen!"

Sie stellte ihn zur Rede, wegen der widerrechtlich verschenkten Kindernahrung und der unehrlichen Darstellung zu seiner Person. Teufel beschwerte sich im Gegenzug, dass der Geistliche die Weihnachtsfeier im Kloster nur noch mit seinen Kindern aus dem Ort feiern wollte. Das habe er Jo zu verdanken und den Ärger mit dem Adoptionsverein.

Jo erklärte daraufhin die Zusammenarbeit mit dem Internationalen Kinderhilfswerk für beendet.

Am gleichen Tag schrieb sie ein Fax an das zuständige Finanzamt. Sie hatte an das Finanzamt die Bitte, das Tun des Internationalen Kinderhilfswerkes und Teufel zu überprüfen und zu unterbinden, dass er die adoptionswilligen Paten in die Kinderheime einlädt. Kurz darauf erhielt sie einen Rückruf vom Finanzamt. Der Herr bestätigte, dass auch er Probleme mit dem Internationalen Kinderhilfswerk und Teufel hatte, eine Gerichtsverhandlung anstehe, weil dieser Verein, die Gemeinnützigkeit nicht erhalten werde. Der Finanzamtsleiter empfahl Jo, nochmals mit dem Redakteur des Stadtanzeigers zu sprechen, der den aufklärenden Zeitungsartikel über Teufel geschrieben hatte. Dann solle sie die für Teufel zuständige Polizeidienststelle verständigen. Sie erhielt von ihm dafür die Rufnummer des verantwortlichen Polizeibeamten. Auch dieser Polizist riet zu einer Anzeige, erst dann könne die Ermittlungsarbeit beginnen. Jo hatte Bedenken. Sie wusste von dem Redakteur des Anzeigers, dass Teufel ihn für den Aufklärungsartikel angezeigt hatte.

Der Adoptionsverein meldete sich wieder bei Jo. Die Vorsitzende erklärte, „unser Verein musste sich auf Forderung unseres Jugendamtes von Teufel trennen. Wir haben einen 40 Tonnen Transport organisiert, denn wir mit Hilfe des THW ins Kloster bringen und dem Abt für seine Gebirgsgemeinde schenken wollen. Da wir keinen Kontakt zu Herrn Teufel mehr aufnehmen dürfen, bitten wir sie das Kloster zu verständigen und den Transport über die Grenze zu begleiten. Jo informierte den Bürgermeister und das Kloster von der umfangreichen Hilfsaktion und bat um Papiere für eine unkomplizierte Zollbearbeitung. Der Bürgermeister bedankte sich und erwartete den Transport.

Gegen 17.00 Uhr sollte der Transport aus Rheinland Pfalz, der von einem Bus mit Rundumleuchte beleitet wurde, in Zinnwald eintreffen. Es herrschten Nebel, eisige Kälte und ein Meter Schnee am Kontrollpunkt. Jo wartete an der Grenze vergeblich auf die Zollabfertigungspapiere aus dem Kloster. Vier Stunden verbrachten die Sponsoren am Zoll, weil kein Spediteur bereit war, den Transport zu übernehmen. Erst eine Kaution von 500 DM half, dass die Zollunterlagen ausgeschrieben wurden und der Transport 21.00 Uhr die Grenze passieren konnte. Das Autoschloss von Jos PKW war eingefroren. Paul, der das Lager aufgeräumt hatte und sich im Kloster auskannte, zitterte vor Kälte in Jos Auto. Langsam fuhr der Transport den eisigen Gebirgskamm hinunter. Gegen 22.30 Uhr erreichten die Sponsoren das Kloster. Im Kloster hatte man inzwischen das Warten aufgegeben. Schnell wurde in der Küche, von den Obdachlosen eine Mahlzeit zubereitet.
Da stürzte Teufel völlig unerwartet in den Speisesaal und beschimpfte den Ehemann der Vorsitzenden des Adoptionsvereins. „Warum haben sie sich nicht bei mir

gemeldet. Wie ein Dummer warte ich hier auf ihren Anruf, um ihnen die Zollpapiere zu übergeben."
Der Abt hatte Teufel die Papiere für den Zoll ausgestellt. Der so hinters Lift geführte Organisator erwiderte sehr ruhig, „nehmen sie, sehr geehrter Herr Teufel zur Kenntnis, dass wir uns definitiv von ihnen getrennt haben. Dieser Hilfstransport vom THW ist nicht für sie bestimmt, sondern für das Kloster und die Gemeinde!"
Teufels Wut wurde noch größer als er Jo sah, brüllte er los, „was wollen sie hier? Verlassen sie umgehend das Kloster, sie sind hier unerwünscht!"

Jo entlud ihr Auto, die reparierten und gereinigten Messgewänder, viele Weihnachtsgeschenke für die Klosterinsassen, ein Paket von der Internationalen Polizei und einen riesigen Dresdner Christstollen, den die Bäckerinnung der Landeshauptstadt extra für das Kloster gebacken hatte. Sie packte alles auf den Boden und verabschiedete sich von den Sponsoren des Hilfstransportes. Ihr wurde versprochen, dass der 40 Tonnentransport und ihre Gaben dem Abt persönlich übergeben werden. Weinend und verzweifelt fuhr Jo mit Paul, der immer noch vor Kälte zitterte, über die eisglatten Straßen. Es war bereits Mitternacht, die Hotels hatten geschlossen. Gegen ein Uhr erreichten sie die Kreisstadt Usti und buchten zwei Hotelzimmer für je 70 DM. Am nächsten Tag fuhren sie weiter nach Deutschland und legten sich mit einer schweren Erkältung ins Bett.

Teufel hatte Jo in der Nacht aus dem Kloster gewiesen. Er war am nächsten Morgen abgereist, um die Veranstaltung am Nikolaustag vorzubereiten. Warum sollte er noch eine weitere Konfrontation mit dem Adoptionsverein und den Transporthelfern suchen.

Dazu kam, dass er wenig Lust hatte, die 40 Tonnen an Hilfsgütern abzuladen. Nur dem Administrator teilte er mit, was sich am späten Abend zugetragen hatte. Dieser war sichtlich erfreut nun endlich die störende weibliche Person vom Halse, zu haben. Er versprach, dass der Transport auf das Internationale Kinderhilfswerk übergeht. Er, der Administrator werde dafür schon sorgen, dass der Abt die Verträge und das Übergabeprotokoll unterschreibt. Pit Teufel versprach am Vorabend des Nikolaustages wieder im Kloster, zu sein.

Jo fand nach ihrer Rückkehr in ihrer Wohnung ein Fax von Teufel vor. „Der 40 Tonnentransport wurde mir vom Abt schriftlich komplett übergeben, er hat alle Verträge zur Nutzung des Lagers und des Pfarrhauses über fünf Jahre, zu einer Krone im Jahr unterzeichnet, damit ist das Internationale Kinderhilfswerk alleiniger Nutzer. Ich untersage ihnen alle Tätigkeiten in Tschechien.

In der Homepage war schon an diesem Tag zu lesen;

„Das Internationale Kinderhilfswerk hat sich von der CZ - Beauftragten Pani Jo, wegen Betrug und Unterschlagung getrennt, auch die Kinderheime und das Kloster."

Jo erhielt einen Anruf der Vorsitzenden vom Adoptionsverein, diese bedankte sich für die Hilfe an der Grenze und bedauerte den Rauswurf aus dem Kloster. Ihr Mann habe den Transport dem Abt übergeben und nochmals deutlich gemacht, dass dieser Transport nicht für Teufel bestimmt sei.

Jos Verein führte eine Beratung durch, um die Situation auszuwerten und Bilanz zu ziehen:

1. Der Verein organisierte für das Kloster Spenden im Wert von 100 TDM. Jo hatte die Landesmutter von Sachsen gebeten, das Kloster zu unterstützen. Das Kloster erhielt von ihr 1000 DM, wofür sich der Geistliche noch nicht bedankt hatte.
2. Zwei Vereinsmitglieder räumten unter widrigen Umständen das Hauptlager auf, obwohl das Kloster über viele hilfsbereite eigene Arbeitskräfte verfügte. Die gewünschten Schuhe waren 14 Tagen nach Kenntnis des dringenden Bedarfs im Kloster und vergammelten unbenutzt im Hauptlager.
3. Warum war Jo in dem Kloster unerwünscht?
4. Keine Entschuldigung für den ersten Rauswurf durch den Administrator, nun wieder ein Rauswurf durch den Manager des Kinderhilfswerkes. Warum schwieg der Abt?

Jo schrieb den Bürgermeister und den Abt noch einmal an und bat Dringlichste die Kinderheime zu schützen, damit der Teufel mit den adoptionswilligen Paten nicht die Heime betritt. Das sei ein Verstoß gegen das „Hager Abkommen!" Beide reagierten nicht.
Wieder nahm sie Kontakt zum Finanzamt und der Polizei in Teufels Heimatstadt auf.
„Teufel darf nicht in die Heime, er betrügt die Paten und die Waisen werden vermarktet!"

Schrill klingelte das Telefon, dann schaltete sich das Fax an und spuckte ein Blatt Papier aus.
Die große alte Tür zur Kanzlei öffnete sich knarrend. Ein älterer Mann mit meliertem Vollbart, gedungener Gestalt und einem aufgedunsenes Gesicht trat ein. Seine Bewegung wurde hastig beim Anblick des aktiven Fax.

Er musste prüfen, ob das Schriftstück in belasten konnte. Er riss das Papier aus dem Gerät, überflog die Zeilen, grinste und legte es unter den unbearbeiteten Aktenstapel, der schon Staub angesetzt hatte. Haben die nicht begriffen, dass ich hier die Fäden in der Hand halte und alles daran setzen werde, dies auch noch lange zu tun. Plötz war in seinem Leben nicht immer auf dem Pfad der Tugend gewandelt. Seit er vor drei Jahren im Kloster um Asyl bat, ging es mit ihm bergauf. Damals hatte er dem kränklichen Abt, der das Gebirkskloster leitete, unter dem Deckmantel der göttlichen Verschwiegenheit einige Etappen seines Lebens gebeichtet und Absolution erhalten. Er durfte ohne Pass in dem fremden Land bleiben und wurde zum Berater und Administrator des alten Abtes. Plötz war dümmlich aber intelligent genug, um immer wieder neue Geldquellen zu erschließen. Damit er seiner Spielerleidenschaft frönen konnte, brauchte Plötz Geld, meist sehr viel Geld und das erhielt er durch den Verkauf der Spenden aus dem Hauptlager des Klosters.
Die Sekretärin hatte Plötz öfter mit Paketen unter dem Arm aus dem Lager kommen sehen. Er war damit in den Klosterbus gestiegen, ins Spielkasino gefahren und hatte alles verspielt. Sie schwieg aus Angst, denn er hatte es in der Hand, sie zu entlassen. Heute war Nikolaustag, das Kloster erwartete Kinder, die beschenkt werden sollten. Eine Christliche Hilfsorganisation hatte vor Tagen Geschenke ins Kloster gebracht. Er musste einen Weg finden, auch diese Leute zukünftig vom Kloster fernzuhalten.

Gestern waren die Gäste des Internationalen Kinderhilfswerkes angereist. Plötz wusste mehr über den schönen Pit, wie dieser ahnte. Er lachte in sich hinein. Wissen ist Macht und dieses kann ich noch ausbauen.

Wenn Teufel sein Geld mit ins Kloster steckt, werde ich ihm die Arbeitskräfte zuführen und verdiene noch daran, wie ich es eh' schon mit den Baufirmen tue.
Was stand in dem Fax an unseren Hausvater? Den Gästen von Teufel soll der Zutritt zu den Waisenhäusern verwehrt werden, die Frau spinnt!
Plötz und Teufel stammten aus der gleichen Region. Beide Männer gingen einer Neigung, dem unkomplizierten Geldverdienen, nach. Und sie hatten eine gemeinsame Feindin, Pani Jo, die ihre Hilfsaktionen im Einverständnis der tschechischen Landesregierung durchführte. Diese Tatsache verband die Männer und ließ sie gemeinsam agieren, deshalb durfte das Fax den Empfänger nicht erreichen. Teufel hatte Plötz gewarnt, als er erfuhr, dass der Bürgermeister und der Klosterobmann Jo baten, ermitteln zu lassen, woher er stamme, was er früher war und warum er als Asylant ins Kloster kam. Plötz hatte sich hinreißen lassen, einem Fotografen aus Bayern, der ihn fotografiert hatte, das Bild aus der Kamera zu reißen. Der Administrator Plötz wusste, dass Pani Jo, die Wahrheit sprach. Teufel selbst hatte ihn den Artikel aus dem Anzeiger gezeigt, der ihn belastete. Er musste seine Tarnung um jeden Preis aufrechterhalten, deshalb räumte er jeden der ihm persönlich schaden konnte mit Intrigen aus dem Weg. Plötz kannte die Hintergründe, warum Teufel seine Hilfsorganisation im Gefängnis aufgebaut hatte.
Auch dass Teufel im Knast Presseveröffentlichungen studierte, verschiedenen Organisationen Hilfe Anbot, damit an interne Informationen kam und diese als sein Produkt im Internet ausgab. Er wusste, dass Teufel an den angereisten Gästen und den Waisenkindern verdienen wollte.

Der Manager des internationalen Kinderhilfswerks, Teufel empfing seine Gäste aus verschiedenen deutschen Bundesländern zuvorkommend. Ganz besonders bemühte er sich um eine Familie Vogel, die Frau war im Rollstuhl angereist.
Alle diese Besucher hatte er eingeladen, weil er annahm, dass sie bereit waren für die Waisenkinder eine Patenschaft zu übernehmen. Geld, das er dringend nach seiner Haftentlassung für den Aufbau seines Internationalen Kinderhilfswerkes und einem neuen Swingerklub brauchte. Seinen alten Schwingerklub hatte er abgebrannt, um die Versicherungssumme zu kassieren. Der Deal war aufgeflogen. Teufel wurde wegen Versicherungsbetrug mit sechs Jahren Haft belegt. Drei Jahre hatte er bis vor einem Monat im geschlossenen Vollzug verbracht, nun war er Freigänger, für die hier der Sohn eines Millionärs. Die Adressen seiner Gäste hatte Teufel mit Hilfe von Plötz in der Kanzlei des Klosters aus dem Posteingangsbuch von Jo entnommen.
Als das Fehlen der Liste entdeckt wurde, hatte Jo die Behörden unterrichtet, dass Pit Teufel zur Verantwortung gezogen und die Gäste für den Nikolaustag ausgeladen werden müssen. Das hatte Teufel mit Hilfe von Plötz und einigen kleinen Intrigen zu verhindern gewusst.

Bei dem abendlichen Empfang stellten sich alle Gäste vor. Alle waren bereit Patenschaften zu übernehmen und dafür monatlich 50 DM zu zahlen. Das Ehepaar Vogel erzählte von dem Unfall, der Frau Vogel an den Rollstuhl fesselte. Sie wollte mehr als nur eine Patenschaft. Herr und Frau Vogel wünschten sich nach dem Tod ihrer Tochter wieder ein Kind. Hier erkannte Teufel seine Chance. Er versprach zu vermitteln, dafür erhielt er von dem Ehepaar eine Sofortspende von 5 TDM für die Waisen.

Der Manager des Internationalen Kinderhilfswerkes hatte sich als Partner des Klosters und Pani Jo gemeldet und so bei den potenziellen Paten eingeführt. Die Gäste waren gespannt Pani Jo, die sie aus den Medien kannten, persönlich kennen zu lernen.

Nach ihr gefragt, erklärte der nette Manager, "wir haben festgestellt, dass Pani Jo eine Betrügerin ist und Geld sowie Nahrungsmittel für die Babys unterschlagen hat."

Die Gäste waren verstört und schwiegen betroffen. Das Ehepaar Vogel interessierte diese Mitteilung nicht. Sie packten Holzfiguren aus, die sie zum Verkauf mitgebracht hatten. Ihr Einkommen war gering, der arbeitslose Mann unterstützte seine behinderte Frau mit der Handarbeit.

Plötz nahm am nächsten Morgen Teufel zur Seite und informierte ihn von dem Fax.

"Diese Irre wollte den Abt informieren, dass sie ein Krimineller sind. Sie übergab ihm den Zeitungsartikel, in dem sie Babynahrung, bestimmt für das Kloster und die Waisenkinder als rasch verderblich verschenkten. Das wusste ich schon vorher, denn vor Tagen erhielt das Kloster einen Anruf aus dem Erzgebirge, dass ein Pit Teufel Holzschnitzereien für die Gäste der Nikolausfeier bestellt habe. Geben sie das zu! Der Händler aus Seifen kannte den Artikel in dem Anzeiger über sie und stellte sie zu ihrer Vergangenheit zur Rede. Er erzählte das nicht dem Abt, sondern mir, dass sie deshalb an diesem Tag nicht ins Kloster kamen, sondern nach Hause fuhren. Als Rehabilitierung für die Presse in ihrem Ort und zur Aufbesserung ihres Images haben sie die Babynahrung dort verschenkt. Unser Abt ist vergesslich, den Brief der Deutschen hat er auf seinen Stapel gelegt. Sie haben

nichts zu befürchten. Nun fordert die Verrückte, dass sie mit den Paten, die Waisenhäusern nicht betreten dürfen. Sie hat die Polizei und unseren Bürgermeister um Hilfe gebeten. Keine Angst, die arbeiten nach Dienstvorschrift - lange!"
Teufel war wütend und rief erregt, „nun müssen wir erst recht gegen diese Person zusammenhalten und sie aus dem Verkehr ziehen, damit sie uns nicht schaden kann!"
Die Gäste besuchten die Heime, ohne zu ahnen, dass sie sich damit strafbar machten. Von den Vorgängen im Kloster ahnten sie nichts. Sie waren enttäuscht, dass der Abt des Klosters sie nicht empfing. Alle Paare hatten, in persönlichen Gesprächen den Manager des Internationalen Kinderhilfswerkes im Vertrauen gestanden, den weiten Weg nur deshalb gemacht zu haben, weil sie ein Kind adoptieren wollen.
Teufel verschwieg ihnen, dass die Gesetze in Deutschland zum Hager Abkommen, noch nicht ratifiziert wurden. Seit Tschechien diesen Gesetzen beigetreten war, gab es keine Adoption. Im Brünn lagen deshalb 5000 unbearbeitete Anträge, sodass neue Anträge völlig chancenlos waren. Teufel versprach stattdessen, wer eine Patenschaft übernimmt, bekommt meine Unterstützung für eine Adoption.

Am Morgen des 6. Dezember reiste das Christliche Hilfswerk an, die Männer bedauerten den schlechten Gesundheitszustand von Jo und Paul. Sie sahen ein, dass Jo nach zwei Rauswürfen aus dem Kloster dieses nicht mehr betreten wollte. Die Schneiderin der Messgewänder und weitere Vereinsmitglieder begleiteten den Christlichen Hilfsverein, um die im Lager untergebrachten Spenden an die Kinder in den Heimen zu übergeben. Als sie im Kloster ankamen, zeigte Teufel seinen adoptionswilligen Gästen das Kloster.

Jos Sponsoren fiel eine Frau im Rollstuhl auf. Sie bedauerten diese Frau, die den weiten Weg mit ihrer Behinderung gemacht hatte, in der Hoffnung ein Kind zu bekommen. Wie schwer wird sie erst leiden, wenn sie begreift, dass sie von einem Scharlatan betrogen wurde.

Der Sprecher des christlichen Hilfswerkes begab sich zum Empfangszimmer des Geistlichen. Vor der Tür stand der Administrator breitbeinig.
„Hier dürfen sie nicht rein, der Abt empfängt heute nicht!"
„Wir haben doch ..."
„Was sie haben, geht mich nichts an. Kommen sie ein anderes mal wieder", damit drängte Plötz die Sponsoren vom Gang.
Sie riefen Jo an und erzählten, dass sie zum Geistlichen nicht vorgelassen wurden und damit nicht zu ihren eingelagerten Spenden kamen. Jo riet den Christen sich an dem russischen Asylanten Petr zu wenden, der im Herrenhaus des Wirtschaftshofes mit seiner Familie wohnt, dieser würde ihnen dolmetschen und sie beim Bürgermeister vertreten. In dieser Situation kann nur noch der Bürgermeister helfen. Erst als der Christliche Hilfsverein mit dem Bürgermeister ins Kloster kam, war Teufel bereit, die Lagerschlüssel gegen eine Nachweisführung, dass die eingelagerten Spenden wirklich diesem Christlichen Hilfswerk gehören, herauszugeben. Teufel kannte von Plötz die Sachlage und wusste gut zu schikanieren, um sich der ihm nicht hörigen Christen zu entledigen.
Mithilfe des Bürgermeisters war der Sprecher des Christlichen Hilfswerkes zum Abt vorgedrungen. Der Geistliche konnte sich an Nichts mehr erinnern, er war völlig durcheinander. Der Sprecher bat den Abt, die Spendenaufstellung, die er vor 14 Tagen von ihnen

erhalten hatte, aus dem Aktenstapel zu suchen, damit sie Teufel ihre Spenden im Lager nachweisen konnten. Der Abt war dazu nicht bereit.

So riefen die Sponsoren ihren Gemeindepfarrer in Deutschland an, er möge die Spendenliste heraussuchen und auf das Fax legen. Nach einer viertel Stunde hatten sie das Fax aus Deutschland. Der Administrator führte sie persönlich in das Lager. Teufel öffnete nach Kontrolle, des Fax aus Deutschland und ein Augenzwinkern zu Plötz die Lagertür.

Jo hatte inzwischen die Internationale Polizei gebeten, den Zugang zu den Kinderheimen für Teufel zu blockieren, dafür wollten die Sponsoren des Christlichen Hilfswerkes einen größeren Teil ihrer Weihnachtsgeschenke in die zwei Heime bringen.

Das Christliche Hilfswerk verließ das unfreundliche Kloster, sie bemerkten, „*das ist keine Gottesstätte*!" und fuhren in das Heim für mental geschädigte Kinder. Die schwangere Monika war wieder im Heim. Die Kinder freuten sich über ihre Weihnachtsgeschenke. Sie hatten das Kinderlied "Johanka" auf tschechischer Sprache einstudiert und wollten es Pani Jo zur Überraschung vorspielen. Sehr enttäuscht waren sie, dass ihre Pani Jo krank war. Später besuchte Teufel mit den Pateneltern dieses Heim, er erhielt eine Kassette des Kinderliedes geschenkt, obwohl er keine Beziehung dazu hatte. Vorher war Teufel mit den adoptionswilligen Paten in dem Kinderheim, wo Pani Jo den kleinen Jungen mit der Kastanie kennen gelernt hatte.

Das christliche Hilfswerk besuchte auch dieses Heim. Sie wurden erst nicht vorgelassen. Die Polizei hatte inzwischen die Heimleitung verständigt, ohne zu beachten, dass Teufel und die Adoptionswilligen vor der Schutzmaßnahme in dem Waisenheim Einlass fanden. Dubios, alle kleinen Kinder waren vor dem Christlichen

Hilfswerk, die mit einer uneigennützigen Hilfsaktion kamen, in Sicherheit gebracht wurden. Auch als Petr die Situation erklärte, ließ sich die Heimleitung nicht überzeugen, dass diese Sponsoren in Jos Auftrag kamen.
So gaben die Christen ihre Geschenke den großen Kindern, mit der Bitte alles mit den Kleineren zu teilen.
„Uns bringt so schnell nichts mehr, in dieses chaotische Land!"
War die Meinung, der um eine Freude - die glücklichen Kinderaugen zu sehen-, Betrogenen, als sie ihre Heimreise nach Deutschland antraten.

Glückliche Kinderaugen

Ich hoffte mit Liebe, die Welt zu ändern.
Liebe für Kinder die dieses Gefühl nicht kennen.

Kinder, die keine Chance in unserer reichen
Gesellschaft haben, wurden von Geschäftemachern
in ihrer Not, um ihren Anspruch gebracht.

Ich bin dankbar für das kleinste Geschenk.
"Glückliche Kinderaugen!"

Der Abt bedankte sich nicht für die Spenden. Seine Haltung Jo gegenüber schien feindlich, er hatte die umfangreiche Hilfe vergessen oder wusste er von nichts?
Erst als ihn sein Klosterobmann informierte, ließ er Jo wissen, dass er die reparierten und gereinigten Messgewänder und den Christstollen dankend erhalten habe.
Über ihre weiter gehenden Informationen zu Pit Teufel werde er nachdenken und zu gegebener Zeit antworten.

Jo erstattete am 7. Dezember 2001, erst nach diesem ablehnenden Schreiben des Abtes auf Wunsch der internationalen Polizei Anzeige

gegen

den Manager, **Pit Teufel**
*des Internationalen Kinderhilfswerkes
wegen Spendenbetrug*

und

den Administrator des Gebirgsklosters, **Plötz**,

*gemäß der Angaben des Klosterobmanns,
MUDr. Swoboda und des Bürgermeisters, Emil Kudlak*

Das Telefon klingelte bei Jo, am anderen Ende war ein Journalist. Er fragte, „können sie sich noch an mich erinnern, wir waren im September gemeinsam im Kloster und in den Kinderheimen, sie übergaben der schwangeren Monika eine Babyausstattung?"
„Ja", Jo konnte sich an ihn erinnern.
Der Mann sprach weiter, „unser gemeinsamer Artikel soll vor Weihnachten erscheinen. Die Redaktion rief mich an, sie haben Bedenken angemeldet. Ich hörte, sie hätten 25 TDM unterschlagen."
Jo war bestürzt, „bitte was soll ich? Wer bringt so ein Gerücht in Umlauf?"
Er nannte den Namen Teufel, der sich bei der Zeitschrift als Geschädigter gemeldet hatte.
„Weil ich daran nicht glaube, bitte ich sie, die Redaktion sofort anzurufen und die Situation klarzustellen."

Jo wollte wissen, wie die Redaktion zu der Annahme kam, dass sie 25 TDM angeblich gesponsert von der Internationalen Polizei unterschlagen haben sollte. Die Redakteurin erklärte, „wir erhielten einen Anruf vom Internationalen Kinderhilfswerk, einen Herrn Pit Teufel. Der Anrufer bestand darauf, dass unter dem Artikel, die Anschrift und Kontonummer seines Vereines stehen soll. Er erzählte, dass sie zum Zeitpunkt der Reportage die Mitarbeiterin seines Kinderhilfswerkes waren und in seinem Auftrag das Interviewe führten".

Jo erklärte der Redakteurin, dass sie Herrn Teufel zum Zeitpunkt der Reportage im September noch nicht persönlich kannte, weil er in Haft war. Er habe sie und das Kloster monatelang getäuscht.

Jo verständigte die Internationale Polizei von der angeblichen Spende über 25 TDM, die sie dann wiederum Pit Teufel vorenthalten haben soll. Der Polizist war empört über diesen Irrsinn, versprach sofort mit der Redaktion der Zeitschrift zu sprechen und die Lüge aus der Welt zu räumen. Danach meldete sich die Redakteurin bei Jo wieder.

„Es ist alles geklärt, der Artikel erscheint am 20. Dezember, wir benötigen noch ihre Vereinsanschrift und Telefonnummer."

Die Redakteurin wusste bereits durch die Internationale Polizei, dass es Herrn Pit Teufel nur daran lag, Spenden durch Bekanntgabe seiner Kontonummer zu erhalten. Alle von ihm gemachten Aussagen, seinen aus der Luft gegriffen und eine Intrige gegen die wirklichen Sponsoren.

Am 20. Dezember erschien in einer deutschen Zeitschrift unter, „Eine Frage der Ehre", der im September recherchierte Artikel über die gute Zusammenarbeit zwischen dem Kloster und Pani Jo und die gemeinsamen Pläne ein Mütterdorf im Wallfahrtsort zu schaffen.

Noch am gleichen Tag kam ein Fax von Teufel.
„Ich verlange alle Spenden, die auf ihrem Vereinskonto eingehen und ihre Stellungnahme zu dieser Eigenmächtigkeit bis 22.12.!"
Teufel hatte sich gleichzeitig bei der Redaktion beschwert, warum nicht seine Kontonummer unter dem Artikel stand. Die Redakteurin erklärte ihm, dass sie recherchiert hätte und nach Rücksprache mit dem angeblichen Spender zu dem Ergebnis gekommen war, dass keine 25 TDM gezahlt wurden und dem Zufolgen auch keine Unterschlagung vorlag. Daraufhin zeigte Pit Teufel, den Vertreter der Internationalen Polizei, wegen Falschdarstellung und Unterschlagung an.
Nachdem Teufel vergeblich auf die Erklärung von Jo und ihrem Verein am 22.12. gewartet hatte, zeigte er die 73jährige Vereinsvorsitzende und Jo am 24. Dezember bei der Staatsanwaltschaft an und schrieb an sächsische Behörden Denozierungsschreiben. Er versuchte auch andere Vereine, mit seiner Behauptung, Jo hätte 25 TDM unterschlagen, gegen sie aufzubringen.
Bei dem Zahnarztverein, (die mit der Goldsammlungsspende ihrer Patienten aus Mitteldeutschland), fand er dazu offene Ohren. Zur Bescherung, am Heilig Abend, 18.00 Uhr erhielt Jo von Pit Teufel ein Fax.
„Genießen sie dieses Weihnachtsfest, es wird für sie das Letzte in Freiheit sein!"
Der Verein erhielt auf den Bericht, „Eine Frage der Ehre", der Zeitschrift nur eine Spende von 25 Euro, für dieses Geld kaufte Jo Spenden für die Waisenkinder und schickte ein Paket in die Kinderheime.
Nach den Feiertagen rief eine Frau mit rheinländischem Akzent an, „sind sie Pani Jo?"
„Ja - womit kann ich ihnen helfen?"

„Ich fand ihre Telefonnummer in dem Artikel der Zeitschrift, auf den uns Teufel hinwies. Ich wollte sie nicht früher belästigen, aber es lässt mir keine Ruhe mit ihnen zu sprechen. Ich gehöre zu den Personen, die am 6.Dezember Gäste des Internationalen Kinderhilfswerkes im Kloster waren, dort wollte ich sie kennen lernen. Teufel hat uns schlimme Sachen über sie erzählt, die ich nach dem Bericht in der Zeitschrift nicht mehr glaube", sagte die Frau aufgeregt.
„Was kann er Schlechtes über mich erzählen?"
„Teufel erklärte den Gästen, dass er und das Kloster sowie die Kinderheime sich von ihnen getrennt haben, weil sie dem Internationalem Kinderhilfswerk 25 TDM unterschlagen haben."
„Ich kann sie beruhigen, der Polizist, von dem ich das Geld angeblich erhalten haben sollte, hat bereits der Redaktion erklärt, dass dies eine Intrige von Teufel war. Er verfolgte damit das Ziel meine Glaubwürdigkeit zu untergraben, sonst wäre der Artikel nie in dieser Fassung mit meinen Angaben erschienen."
„Sehen sie, Frau Jo und das habe ich auch nicht geglaubt!"
Die Kölnerin erzählte ausführlich von der Begegnung am Nikolaustag im Kloster und dass alle Gäste 1 bis 2 Patenschaften übernommen hatten. Vor der Abreise wurden die Adressen aller Anwesenden ausgetauscht, bis auf ein Ehepaar mit Rollstuhl, die unter besonderer Betreuung von Teufel standen.
Jo warnte die Kölnerin Patengelder zu bezahlen und bat diese Warnung an die anderen Paten weiterzuleiten. Die Gelder kommen nicht in den Heimen an. Die Frau erzählte, dass ihr Mann im Einzelhandel arbeitet und schon viele Monate Haribo-Dosen an Teufel schickte. Jo lachte das erste Mal, bei diesem aufschlussreichen Gespräch. Und Teufel hat uns erzählt, diese Dosen seien

von seinem Bekannten, Harald Riegel aus Bonn. Da lachte auch die Frau, „ja, das sind wir, aber nur die Zwischenhändler".
Sie versprach die anderen Gäste vom Nikolaustag zu informieren, keine Patengelder mehr an Teufel zu zahlen.

Silvester war Krisensitzung im Team.
„Wie kommt Teufel dazu, zu behaupten, Jo habe 25 TDM unterschlagen?"
Paul kam nach Durchsicht der Beratungsprotokolle, der Arbeitsgruppe im Rathaus der Gebirgsgemeinde dahinter. So kann es gewesen sein erklärte er, „wir haben mit dem Bürgermeister die Spenden aus Deutschland in das Antragsformular geschrieben und dort erschien die Summe 25 TDM als Spenden der Internationalen Polizei und den anderen Sponsoren. Das waren unter anderem die 2000 Paar Schuhe und weitere Spenden, die wir ins Hauptlager gebracht hatten. Nachdem wir von Pit Teufel aus dem Vertrag gestrichen wurden, wollte dieser verdammte Gauner alle Spenden haben. Er hatte angenommen, dass wir nicht Sachspenden, sondern Geld erhalten haben und das wollte er auf sein Konto legen ..., also!"
„Wie war es mit dem Christlichen Hilfswerk, wo der Abt, nicht mal mehr aufstand. Hat er dir einmal die Gelegenheit gegeben mit ihm zu sprechen?"
„Nein - also eins ist erst mal ausgeschlossen, Pit Teufel, war nicht allein der Urheber!"
Er erhielt die Zollpapiere, obwohl der Bürgermeister wusste, dass du den Transport begleiten solltest und Teufel muss erst an diesem Tag, erfahren haben, worüber alle Anderen schon Bescheid wussten. Deshalb hat er gesagt, du bist im Kloster nicht erwünscht.
„Meint ihr damit Plötz hat Teufel erst auf die Idee mit der Unterschlagung gebracht.

Wir wollten mit dem Deutsch-Tschechischen Sozialfonds der Gemeinde helfen, damit der Bürgermeister für seine Obdachlosen, den Zigeunern im Ort etwas tun konnte."
„Richtig das hat Plötz bei Geschäften mit den Zigeunern gestört. Ich habe beim Aufräumen der Lager mitbekommen, das Plötz Zigeunermädchen im Herrenhaus übernachten lies", meinte Paul.

Im Januar eröffnete die Dame vom Jugendamt gegen Jo ein Ordnungsverfahren mit der Begründung:

> *Frau Josephine Wendler habe sich auf ihr Schreiben vom November nicht gemeldet. Auf die Antwort von Teufel ging sie nicht ein. Ihr Vorwurf war; Jo sei zweimal im Fernsehen aufgetreten, dort habe sie für illegale Adoption geworben, später noch in einer Zeitschrift und eine Adoptionsliste wurde an einen anderen Verein weitergeleitet. In der Beweisakte lag Teufels Denozierungsschreiben.*

Jos Anwälte beschäftigten sich mit dem Verwaltungsakt und Jo musste die Anwaltskosten aus der eigenen Tasche bezahlen.
Ein Lichtblick war der Brief eines Regierungsbeamten, der nach Prüfung aller Unterlagen festgestellt hatte, dass Jo kein Kinderhandel nachgewiesen werden konnte. Er bedankte sich für ihre langjährige Hilfe und wünschte viel Glück und Erfolg bei der weiteren Hilfe für die Waisenkinder.
Er war sich sicher, dass an dem ganzen Durcheinander die falsch verstandenen Fernsehaufzeichnungen des privaten Fernsehsenders schuld waren.

Trotzdem wurde das Ordnungsstrafverfahren von der regionalen Jugendamtsbehörde nicht eingestellt.

Ende Januar erschien in der Tageszeitung mit den vier Buchstaben eine Artikelserie, geschrieben von dem Redakteur, der Jo zum Kinderheim von Engel begleitet hatte und ihre Mission für die Waisenkinder genau kannte.
Er erklärte lakonisch, „sie sind eine Person des öffentlichen Interesses! Ich muss alle Verdachtsmomente, die an mich herangetragen werden beleuchten. Schließlich komme ich ihnen entgegen, indem ich sie zu Wort kommen lasse."
Im ersten Artikel berichtete Teufel, dass er im Besitz der Adoptionsliste von Jo sei. Er hatte herausgefunden, dass sie zugunsten von Adligen und Fernsehleuten mit Kindern gehandelt habe. Deshalb erstattete er, wegen Spendenbetrug, Verleumdung und Kinderhandel, Anzeige bei der Staatsanwaltschaft.
Ein Ehepaar Vogel berichtete von einem Brief den Jo ihnen geschrieben haben soll. Gegen eine Spende von 40 TDM würde sie ihnen ein Kind vermitteln. Dazu zwei Fotos, Jo im Waisenheim und das Ehepaar Vogel. Herr Vogel kommentierte, „wir haben extra ein Kinderzimmer eingerichtet."
Jos Statement wurde so ausgedrückt, „das stimmt nicht, das ist Mobbing der Behörden!"
Der Rathaussprecher versprach die Angelegenheit zu prüfen und evtl. Anzeige gegen Jo zu erstatten.

Jo setzte sich mit der Kölnerin in Verbindung, die am 6. Dezember mit im Kloster war, und schickte ihr den Zeitungsartikel.
„Ja, das ist das Ehepaar Vogel, von dem wir keine Adresse haben. Diese Leute waren sehr gewöhnlich. Sie wollten ihre Holzfiguren verkaufen und haben über den Unfall der Frau gesprochen. Über ein Kinderzimmer und eine Forderung von 40 TDM war nie die Rede.

Auch da nicht, als Teufel über die Unterschlagung berichtete. Das Paar lügt, ich bin gern bereit diese Aussage vor Gericht zu wiederholen, das ist eine Frechheit!"

Zwei Tage später berichtete der Reporter der Tageszeitung über einen Zahnarztverein, der Frau Jo vorwirft, einen Bus für 5,5 TDM gekauft zu haben und das Restgeld, ihrer Spende von 15 TDM, es handelte sich um 9,5 TDM, habe sie in die eigene Tasche gesteckt. Das Geld war für Lebensmittel und Bauarbeiten für das Kinderheim gedacht. Frau Jo wurde mehrfach aufgefordert das Geld auf das Heimkonto zu überweisen, aber sie schweigt. Nun werde der Zahnarztverein eine Anzeige wegen Spendenbetrug erstatten.
Hier durfte Jo kommentieren, das Geld habe ich für Lebensmittel ausgegeben.
Dieser Schreiberling hatte die Bus- und Spendenübergabe vor einem halben Jahr begleitet, darüber geschrieben und er sah die korrekte Zollabwicklung. Er war höchstpersönlich bei der Übergabe der umfangreichen Spendenaktion und dem Bus dabei, die der Heimleiter in seinem Beisein bestätigte und nun tat der Pressemann als wisse er Nichts mehr davon.
Arbeiten nicht die Paparazzi so und treiben damit ihre unschuldigen Opfer in eine missliche Lage?

Nach diesem Artikel rief Teufel Jo an, er konnte vor Lachen nicht richtig sprechen, ,,, wie hab ich das wieder gemacht? Ich hatte ihnen geschworen sie fertig zumachen. Dazu brauche ich nicht viel zu tun, das erfüllen die Behörden, Medien und ihre ehemaligen Geldgeber selbst. Ein Wort von mir, dann sprudelt es förmlich. Zum Beispiel, ihre Freunde aus Mitteldeutschland, waren von Anfang an ihnen gegenüber skeptisch und misstrauig. Das haben sie vermutlich von ihren Patienten, die ihnen natürlich völlig freiwillig ihre Goldkronen schenken, um Kindern in Not zu helfen. Wurden sie nicht schon damals stutzig, wie vorsichtig diese Leute waren. Ihr eigenes Auto unter Schutz des Hotelpersonals stellten, was aus ihrem Auto wurde, scherte sie nicht. Eigenartig widersprüchlich für humanitär denkende Menschen, meinen sie nicht auch? Wer so vorsichtig ist, hat schon eigene Erfahrungen gemacht, das sollte ihnen zu denken geben. Jedenfalls als ich den Zahnarztverein aus Mitteldeutschland erzählte, dass Pani Jo, 25 TDM dem Kloster unterschlagen hat, ich meinte mir, aber Kloster klang besser, sagte mir die Zahnärztin, sie kann den Kinderhandel aus dem Kinderheim von Engel bestätigen. Was wollen sie, diese Kritik an Ihnen kommt aus einem anderen Munde! Die Zahnärzte wollten ihnen glauben, aber nachdem ich diesen seriöser Herrschaften die Augen über ihre Person geöffnet hatte, waren sie sofort bereit sich an die Zeitung zu wenden und den Artikel in Auftrag zu geben. Ich erhielt als Gegenleistung ein Foto des Waisenhauses für meine Internetseite, damit bin ich im Besitz des Waisenheimes von Engel, warum soll ich erst dahin fahren. Und den Bus werde ich mir auch noch holen, denn der steht mir schließlich zu, deshalb trat ich mit den Zahnärzten in Verbindung."

Die Zahnärzte, die ihre Spenden mit Zahngoldsammlungen ihrer Patienten finanzieren, glaubten erst dem Heimleiter Engel, der die Spendengelder zur Schaffung eines Zentralheimes für ganz Nordböhmen auf sein Privatkonto legte, nun Teufel. Sie verbreiteten nach Teufels Worten, die Lüge, Pani Jo habe mit Kindern gehandelt.

War das nicht schon ein Straftatbestand, der Verleumdung? Jo hatte die Internationale Polizei als Zeuge. Dürfen sich Mediziner solch ein Gerücht leisten, oder war das nur wieder eine Intrige von Teufel?

Der dritte Artikel beschäftigte sich mit Jos Statement, der Oberbürgermeister wurde aufgefordert sein Wahlversprechen zu halten und in seinen Ämtern Ordnung, zu schaffen. Erst prüfen - dann sanktionieren!

Jahre später stand der dieser OB selbst wegen Betruges vor dem Gericht, aber die Gerichte prüfen bei ihm sehr lange und er erhält trotz Zwangsurlaub sein hohes Gehalt weiter.

Der Redakteur recherchierte weiter, wollte weitere angebliche Geschädigte, zu Worte kommen lassen. Darunter einen Alkoholiker, dem der Verein eine Wohnung, Kleidung und Ausstattung bereitgestellt hatte. Nachdem dieser weiter trank, hatte sich der Verein von dem Mann getrennt. Er wollte aus Rache nur Jo schaden. Erst eine Beschwerde an den Presserat stoppte die Schreibwut dieses Redakteurs.

Teufels zuständige Finanzbehörde nahm die Informationen, die Jo dem Finanzamt zugearbeitet hatte, um gegen das Internationale Kinderhilfswerk und Teufel einen Prozess zu führen und ihm die Gemeinnützigkeit abzuerkennen. Dabei unterlief der Finanzbehörde ein schwerwiegender Fehler. Teufel erhielt im Schriftsatz der Anzeige, die Beweisführung von Jo.
Diese Angaben waren ausschlaggebend für die weitere Hetzjagd am Weihnachtstag gegen Jo und die 73jährige Vereinsvorsitzende.

Der erste Monat des neuen Jahres war noch nicht zu Ende, da erhielt Jo und ihr Team eine Vorladung zum Amtsgericht.
Teufel verlangte unter Haftandrohung, dass Jo nichts gegen seine Handlungsweise unternimmt.
Er wollte, dass Jo erklärt und zwar "eidesstattlich" - dass alle Aussagen zu seiner Person auf seiner Homepage wahrheitsgetreu seien. Unter Anderem, die bayerische Babynahrung sei nicht fürs Kloster und Waisenhaus bestimmt gewesen.
Er überzeugte den Richter, dass Jos Aussagen unwahr seien, dazu benutzte er als Beweis die Akte des Prozesses von seiner Finanzbehörde.
Der Richter glaubte, mit der Beweisführung einer Finanzbehörde Teufel, obwohl dem Richter die Pressemitteilung über die Haftstrafen von Teufel vorlag und dass dieser zum Zeitpunkt Freigänger war.
Jo und ihre Vereinsvorsitzende erhielten einen "juristischen Maulkorb" im Kampf um die Wahrheit. Teufel klapperte die ganze Zeit mit dem Klosterschlüssel.
Eine klärende Aussage von dem Redakteur der Tageszeitung, der die Artikelserie der vergangene Tage verfasste, hätte das ungerechte Verfahren und die Strafverfolgung von Teufel vereinfacht und vielen zukünftigen Straftaten vorgebeugt.

Auf dem Gerichtsflur saß ein Ehepaar. Die Frau war an ihren Rollstuhl gefesselt, die Teufels Darstellung vor dem Richter bezeugen wollten. Trotz Bitten von Jo und Teufel wollte der Richter dieses Ehepaar nicht anhören. Der 73jährigen Vereinsvorsitzenden, die deshalb aufbegehrte, verbot der Richter den Mund mit den Worten, „halten Sie ihren Rand!"
Jo hatte dieses Ehepaar wieder erkannt, dass in der Tageszeitung erklärte, „der Engel der E 55 Waisenkinder

habe für die Vermittlung eines Babys von ihnen eine Spende von 40 TDM in einem Brief verlangt".

Der Richter nahm die Aussage des Zeugen von Jo, den Sohn der Schneiderin, der am Nikolaustag das Drama mit dem christlichen Hilfswerk miterlebt hatte, zur Kenntnis. Der Zeuge bestätigte, dass das Verhalten von Teufel für die Waisenkinder schädlich war. Dieser Zeuge wurde vom Richter als unglaubhaft eingestuft.
Teufel drohte Jo vor dem Richter, „dich mache ich fertig!"
Dazu schwieg der Richter und legte die Gerichtskosten, je 90 Euro für Jo und die Vereinsvorsitzende fest.

Jos Zeuge berichtete den Vereinsmitgliedern später, was sich vor der Gerichtstür abgespielt hatte. Frau Vogel saß unruhig in ihrem Rollstuhl, weil sie nicht in den Gerichtsaal, als Zeugin gerufen wurde. Sie fragte ihren Mann. „Paul, was soll ich sagen, wenn der Richter mich ruft?"
Der Gefragte antwortete ihr, „... dass, was wir gelernt haben!"
Diese Aussage hörten weitere Wartende vor dem Gerichtssaal, darunter ein Fernsehteam des Mitteldeutschen Senders. Teufel war glücklich, gewonnen zu haben. Er gab dazu noch eine Erklärung für das Fernsehen ab. „Ich habe mich von Pani Jo getrennt, nachdem ich merkte, dass sie Spenden unterschlug und mit Kindern handelte." Dann verschwand er mit seinem Freunden im Rollstuhl.

Jo verstand die Welt nicht mehr. Einen Maulkorb im Kampf um die Wahrheit! Ihr wurde bei Zuwiderhandlung eine Strafe, sogar Haft angedroht und das für ihre unendgeldliche humanitäre Hilfe!

Sie lief an diesem Tag weinend ins Dunkle. Jo war verzweifelt, nie hatte sie etwas Unrechtes getan und nun wurde sie als Dank so behandelt Sie stand auf der Brücke der Elbe, das Wasser zog sie an, sie schwankte. Sie dachte, „warum willst du aufgeben - die Wahrheit setzt sich durch!" In Jo erwachte die Kraft, zu kämpfen. Anfangs belächelt, weil keiner an ihrer Unschuld glaubte.

Der wahre Nestbeschmutzer

Einen Hilferuf aus dem Gebirgsdorf erreichte Jo Anfang Februar. Was sie las war bedrückend. Ihr wurde über einen Obdachlosen und seiner Familie berichtet, die unter dem Druck des Administrators Plötz viel Leid erleben mussten. Plötz herrschte weiter als Despot im Kloster. Er forderte unverwandt von dem russischen Asylanten den Aufbau eines Transportsystemes. Dieser sollte junge Frauen aus seinem Heimatland, ohne Papiere nach Deutschland geleiten. Als dieser ablehnte, denunzierte Plötz den Asylanten beim Abt, bis dieser ihn aus dem Kloster wies.

Eine Mutter, die mit ihren drei kleinen Kindern obdachlos im Kloster lebte, sollte im Auftrag von Plötz die Unterkunft der Familie im Kloster bezahlen. Da sie dazu nicht in der Lage war, entschied Plötz, dass sie als Hure das Geld an der Europastraße verdienen muss. Weil die Mutter nicht einwilligte, wurde sie hinter den Klostermauern geschändet. Die Angestellten schüttelten die Köpfe und erklärten die junge Mutter für verrückt. Das ist die russische Asylantin Irina fiel es Jo wieder ein. Wieder erreichte Plötz, dass der Abt diese Frau mit den Kindern aus dem Kloster warf. Viele Helfer mieden nach Auseinandersetzungen mit Plötz das Kloster.

Die Worte des Bürgermeisters und Klosterobmanns, Dr. Swoboda fielen Jo wieder ein – „Helfen sie aus Deutschland - wir können uns nicht wehren!"

Wem Plötz nicht genehm war, dem versperrte er den Weg in die Klosterkirche. So berichtete ein Sponsor aus Norddeutschland, er wollte den Gottesdienst besuchen. Der Administrator stand breitbeinig vor der Kirchentür.
„Juden haben keinen Zutritt!"
Der streng gläubige Christ erwiderte, „ich bin kein Jude!"
Daraufhin der Administrator, „heute ist nur Messe für Tschechen!"

In Deutschland völlig unmöglich, oder?

Die Nachmittagssendung des öffentlichen Fernsehens hatte einen Gast. Dieser stellte sein Buch über das Zusammenleben mit seinem Lebenskameraden, einem Volksmusikstar und ihren Adoptivsohn, den sie in einem Waisenheim in Petersburg fanden vor.
Er erklärte, dass eine Adoption aus dem Ausland außergewöhnlich schwierig sei. Erst wenn alle inländischen Hürden genommen sind, kann eine Auslandsadoption erfolgen und das nur mit Genehmigung der Ausländerbehörde.

Der Redakteur hatte damit einen Übergang. Ausgerechnet, dem Engel der Europastraße 55, Jo wird unterstellt mit Kindern gehandelt, zu haben.
Daraufhin folgte ein Filmbericht über die Europastraße, Kinderheimen, dann Jos Gang zum Gericht ... hier sprach Teufel ... „als ich merkte, ..., trennten ich mich von ihr!"
Dann wurden die Spenden, für die Kinder, die noch in der Garage zur Weiterleitung warteten, gezeigt und die Abwicklung des Vereins.

Der Redakteur sagte zum Abschluss, „es ist noch ein langer Weg durch die Gerichtsbarkeit, bis Jo und der Verein Recht bekommen."

Der Rachefeldzug von Teufel war gut organisiert.
(Er stiftete Verwirrung, weil er nicht überzeugen konnte!)
Teufel kannte den "Ehrgeiz" der Beamten und schickte an alle nur möglichen Verwaltungen Schreiben. Auf die vermutlich die Behörden schon gewartet hatten. Denn die Anschuldigungen wurden sofort bearbeitet.
Anträge auf Fördermaßnahmen von Jos Verein für die Hilfe der Waisenkinder und Anfragen wurden nach langen Wartezeiten negativ beschieden oder gar nicht beantwortet werden.

Die Staatsanwaltschaften und Gerichte hatten, dank des Managers Teufel, endlich interessante Anzeigen auf Staatskosten zu bearbeiten.

Er zeigte unter anderem an:

> *den Finanzamtsdirektor seines Finanzamtes,*
> *den Redakteur des Anzeigers seines Heimatortes,*
> *einen e. V. der Internationalen Polizei,*
> *das Kloster,*
> *Pateneltern - die nicht bereit waren Patengelder an seinen Verein zu bezahlen,*
> *Vereinsmitglieder - die seine Praktiken durchschaut hatten und kündigten,*
> *Jo (6-mal),*
> *und ganz zuletzt das Ehepaar Vogel (im Rollstuhl), die irgendwann dahinter gekommen waren, dass sie Teufel nur benutzt hatte.*

Zur Durchsetzung seiner Strategie benutzte Teufel die Boulevardpresse, erpresste und beeinflusste Zeugen durch Versprechungen und Verleumdungen, um falsche Darstellungen zu veröffentlichen.

Jos Verein wurde von allen möglichen Behörden geprüft, insbesondere Jo die eigentliche Tatverdächtige.
Während die Adoptionsbehörde gleich Sanktionen verhängten, nahm das Finanzamt eine Außenprüfung vor. Sogar das Arbeitsamt schickte einen Mitarbeiter, der die Akten wegen Schwarzarbeit einsah. Wie viel Lohn wurde den „ehrenamtlichen Mitgliedern" gezahlt. Er erkannte sofort, dass ein Verein, der keine Förderung erhält, auch keine Löhne zahlen kann, sondern von den ehrenamtlichen Hilfskräften einen Mitgliedsbeitrag erheben muss, um seine Aufgaben zu erfüllen. Die Arbeitslosen und Sozialhilfeempfänger konnten keinen Mitgliedsbeitrag bezahlen, hier achtete der Vorstand gewissenhaft darauf, dass keiner gegen die Gesetzlichkeit verstieß und mehr als 15 Stunden ehrenamtlich in der Woche arbeitete. Erstaunt war der Mann vom Arbeitsamt über die Arbeitszeit der Hilfskräfte, die der Verein vom Sozialen Dienst der Justiz zur Verfügung gestellt bekam.
Diese Arbeitskräfte mussten so schnell wie möglich ihre Haftersatzstrafe abarbeiten, ohne Zeitlimit, aber einer sehr straffen Kontrolle durch ihre Bewährungshelfer.
In der Regel beschäftigte der Verein, Haftersatzstrafleistende, die Verkehrsdelikte (im Straßenverkehr) begangen hatten. Mit diesen Helfern gab es nie Probleme, sie freuten sich für die Kinder Spenden zu sammeln, zu reinigen und zu transportieren.
Nur zwei gescheiterte Unternehmer, die ihr Unternehmen hoch verschuldet verloren hatten, bereiteten Probleme. Diese rechneten sich neue Chancen als

Vorstandsmitglieder des Vereines aus und taten viel dazu dem geschäftsführenden Vorstand mit Intrigen zu schaden und aus dem Verein zu verdrängen. Da sie so hoch verschuldet waren, konnte ihnen auch nichts mehr passieren.
Ein leitender Mitarbeiter der Handwerkskammer sagte dazu:
„Es müsste eine schwarze Liste geben, um seriöse Geschäftspartner vor diesen Schandflecken der Innungen zu schützen."

Als der Rechtsanwalt, der das Ordnungsstrafverfahren des Jugendamtes gegen Jo prüfte, fest stellte, dass Jo keine Rechtsschutzversicherung hatte, welche Versicherung würde auch das Hickhack durch Teufels Inszenierungen bezahlen, erklärte er ihr schriftlich, „ich sehe, dass sie finanziell nicht so gestellt sind - lassen sie sich von ihren Freunden vertreten!"
Erst sehr spät erkannte Jo, diesen wohlgemeinten Rat, bat einen Freund, der ihre Arbeit national und international kannte, sie anwaltlich zu vertreten.

Von dem neuen Besitzer des Kleinbusses erhielt Jo unerwartet einen Brief. Es war ein tschechischer Glasfabrikant, der einen Kleinbus erworben hatte und wissen wollte, ob sie zu dem Fahrzeug Angaben machen könne. Er erklärte; ich habe eine schwer behinderte Tochter, die in einem Heim lebt, deshalb ist der Bus für mich eine große Hilfe. Ich möchte sie gern persönlich kennen lernen. Jo und ihr Team fuhren mit den verbliebenen Spenden für das Behindertenheim, zu dem Glasfabrikanten. In der Fabrik wurde sie freundlich empfangen.

Es stellte sich heraus, dass der Unternehmer den Kleinbus von Heimleiter Engel für 50.000 Kronen

erworben hatte. Der Bus war in einem schlechten Zustand, alle Einbauten herausgerissen und die Werbung entfernt.
Der Glasfabrikant bedankte sich für die Hilfe und Information, dass der Bus tatsächlich nur 70.000 Kilometer gefahren war. Er hatte kein Problem den Bus in Tschechien zuzulassen.
Wieder hatte Engel den Zahnarztverein belogen. Der Glasunternehmer bedankte sich in einem Schreiben auch bei dem Zahnarztverein in Mitteldeutschland. Er schämte sich für seinen Landsmann, dem nur das Geld und nicht die Sachspenden für die Waisen interessierten.

„Bitte Pani Jo helfen sie!
Plötz treibt weiter sein Unwesen, wir erhalten keine Hilfe für die Kinder", stand in einem Brief an Jo.
Sie durfte nicht im Kloster helfen, der Maulkorb von Teufel, verbot ihr das. Jo suchte Verbündete die in das Gebirgsdorf reisten, um einen neuen Anfang für die Menschen in Not zu schaffen. Herr König und ein ungarisches Vereinsmitglied, die im Gebirgsdorf und Kloster noch nicht bekannt waren, fuhren sofort zu den Bittstellern. Jo zahlte wieder das Benzin aus der eigenen Tasche und gab dem Helfer Lebensmittel und Kleidung für die Kinder mit.
Im Gebirgsort angekommen, erfuhr Herr König, dass der Administrator Plötz dem Ansehen des Ortes und Kloster noch mehr geschadet hatte. Er hatte eine neue einträglichere Geldquelle erschlossen.

Auf seine Veranlassung hin hatten sich gewinnorientierte Zigeuner, im Herrenhaus des Klosters niedergelassen und boten Kinderprostitution an, für Plötz eine gute Einnahmequelle.

Plötz wurde plötzlich sehr großzügig zu den Tschechen, seine potenziellen Kunden und in der Kneipe prahlte er mit seinem Vermögen. Plötz zahlte für alle die Zeche und forderte die Wirtin zu einem Schäferstündchen für fünftausend Kronen auf. Er hatte so viel Macht, dass keiner ihn zur Ordnung rufen konnte. Von den Baufirmen verlangte er für Aufträge im Kloster eine Vermittlungsgebühr, damit bestritt er seine Spielerleidenschaft und andere Geschäfte.

Die zwei Waisenheime beklagten sich auch. Seitdem Teufel Pani Jo und ihre Helfer ersetzt, kommen keine Hilfsgüter mehr in den Heimen an. Wir erhielten von Teufel nur einmal eine Spende von 50 DM. Das war alles, keine Patenschaftsgelder, die Waisen leben weiter chancenlos. Diese Mitteilung übergaben die Heime Jo schriftlich. Sie schickte alles an die deutsche Polizei.

Herr König erhielt die Erlaubnis von den diskriminierten Menschen aus dem Kloster, die Informationen über das Kloster auf Band mitzuschneiden, zur Übergabe an die deutschen Polizeibehörden. Sie gaben einen Brief an Pani Jo mit, der über die Informationen der Tonaufnahme hinaus, die Gemeinheiten von Plötz verdeutlichte. Auch diese Unterlagen wurden der deutschen Polizei übergeben. Die Menschen in Tschechien hofften, auf die Hilfe, gegen den deutschen Tyrannen Plötz, der noch immer, als Administrator im Kloster agierte. Das Verfahren gegen Plötz wurde als unbegründet von der Staatsanwaltschaft eingestellt.
Nur die Ermittlungen gegen Jo wurden fortgesetzt.
Der Klosterobmann, MUDr. Swoboda schrieb Pani Jo, "ich bedaure, dass die schöne Zusammenarbeit so abrupt

abbrach. Was soll ich mit dem Geld auf dem ARGE - Konto tun, holen sie das wieder ab?
Unser Abt hat, nachdem zwischen ihnen und Teufel Auseinandersetzungen entstanden, um den guten Ruf des Klosters zu retten, sich von beiden Seiten getrennt, ohne seine Meinung zu äußern, wer der Schuldige sei.
Für die 1000 DM, die sie für das Kloster von der Landesmutter aus Sachsen erbettelt haben, hat sich der Abt inzwischen bedankt.
Das Kloster veranlasste auch eine Anzeige gegen Teufel, denn er gibt die Klosteranschrift noch in seiner Homepage und meinen Namen auf seinen Briefen als Vereinsdolmetscher an."
Dann schrieb nach vier Monaten Schweigen, der Abt einen Brief an Jo.
„Für eine Entschuldigung sehe ich keine Veranlassung. Ich habe nie etwas Negatives über sie geäußert. Vielen Dank und Gottes Segen für Andreas."
Er wollte, dass Jo zu einer Aussprache ins Kloster kommt. Jo fuhr nicht, zu spät kam diese Einladung. Wusste der Abt wirklich nichts, von den Schandtaten, seines Administrators? Warum schwiegen der Klosterobmann Dr. Swoboda und der Bürgermeister, noch immer?

Auf diese Briefe wartete Jo vor der Gerichtsverhandlung zur einstweiligen Verfügung,
„juristischer Maulkorb, gegen die Wahrheit!"
vergebens.
Ihr Verein hatte mehrfach das Kloster gebeten, der Polizei und Justiz zuzuarbeiten, diese Bitte blieb unbeantwortet.
Teufel hätte die Verhandlung nicht gewonnen, wenn der Richter diese Beweise vorliegen gehabt hätte, dass Teufel zum Zeitpunkt der Gerichtsverhandlung, in der er mit

dem Klosterschlüssel geklappert hatte, das Kloster schon nicht mehr betreten durfte. Teufel gab weiter in seiner Homepage an, Partner des Klosters und der Kinderheime zu sein und er sammelte immer noch Spenden und Paten für die Kinder bis 17 Jahre.
Der Reporter der Regenbogenpresse erfuhr erst sehr spät von den Vorwürfen, dass sein Artikel, als Aufruf zur „Illegalen Adoption", vom Jugendamt und Teufel gewertet wurde. Er hätte bei Gericht nachweisen können, dass die Urheberschaft der Bilder und Textpassagen, Presseeigentum waren und nicht die Produkte von Teufel, auch wenn dieser eidesstattlich dem Richter erklärte, dass es sich um seine Produkte handelte.

Die Versandleiterin des Kindernahrungsherstellers aus Bayern bestätigte Jo viel zu spät, dass die Paletten, die Teufel abgeholt hatte, nur für die Waisenkinder in Tschechien bestimmt waren.

Unabhängig von diesen vielen eidesstattlichen Lügen, wollte Teufel die Vollstreckung gegen Jo Wendler, die Haftstrafe, zur Unterlassungsklage erwirken.
Er fand heraus, dass Jo der Polizei die zu spät eingegangenen Beweise übergeben hatte, die seiner Ansicht nach ein Verstoß gegen das Urteil waren. Diesmal wies das Gericht seine Klagen in der 1. und 2. Instanz ab.
Sein angestrebtes Verfahren, wegen Zahlungsverzug des Mitgliedsbeitrages für das Jahr 2002, gegen Jo, verlor er in der 1. und 2. Instanz. Die Mitgliedschaft von Jo in seinem Verein war eine aus dem Strafvollzug von ihm erzwungene Maßnahme, um an ihre Projekte zu kommen. Dem Manager Teufel konnte nachgewiesen werden, dass die Mitgliedschaft unter falschen Voraussetzungen erzwungen wurde und er öffentlich in seiner Homepage

am 04.12. kundtat, dass er sich von der CZ-Beauftragten wegen Spendenbetrug und anderer Straftaten getrennt hatte.
Teufels Finanzamt, das mit den Informationen von Jo unsachgemäß umgegangen war, gab eine Ehrenerklärung an den Bürgermeister von Jos Heimatstadt ab.

„Jo hat maßgeblich dazu beigetragen, dass Teufels Fehlverhalten aufgedeckt wurde. Im Gegenzug sorgte er dafür, dass die Existenz und das Leben von Pani Jo Schaden nahm."

Das alles bedauerte der Finanzamtsdirektor zutiefst. Er hoffte, dass mit dem Schreiben, das Ansehen von ihr, in Ihrer Heimatstadt wenigstens teilweise, wieder hergestellt wird.
Der Brief berührte die Behörden nicht, es wurde davon ausgegangen, dass Jo eine Straftäterin ist. Die örtlichen Organe und Justiz ermittelten weiter gegen sie.

Nur der Manager des Internationalen Kinderhilfswerkes, Pit Teufel, reagierte sofort. Er bekam bei der Akteneinsicht eines weiteren Gerichtsverfahrens diesen Brief in die Hände. Daraufhin zeigte Teufel seinen Finanzamtsdirektor wegen Veröffentlichungen von Dienstgeheimnissen an. Der dramatische Verlauf der Hetzjagd nahm kein Ende. Jo erhielt einen Anruf mit verstellter Stimme. Sie konnte nicht beweisen, dass es Teufel war. Der Anrufende legte ihr nahe, sie möge ihrem Leben selbst ein Ende setzen. Jo trennte sich von ihrem Telefon.
Wieder erhielt sie einen Anruf an einen Ort, den nur Innseiter kannten. Die Stimme erklärte.
„Wir hörten nichts in ihrer Lokalpresse von ihrer Befreiungstat, also müssen wir nachhelfen!"

Diese Drohung wurde der Staatsanwaltschaft übergeben, ohne Ergebnis.

Um vor den verachtenden Blicken, die Jo immer und überall begegneten, zu entfliehen, hielt sie sich auf ihrem Wochenendgrundstück auf. Die Nachbarn ließen sie links liegen. Die Zeitungsberichte hatte die Runde gemacht und alle warteten auf neue Enthüllungen.

Jo und der Verein fanden keine Ruhe. Das örtliche Finanzamt bearbeitete das Denozierungsschreiben von Teufel gründlich. Es wurde eine Außenprüfung des Vereins in Liquidation in Jos Wohnung veranlasst. Die Akten, die bereits mehrfach von der Polizei und Staatsanwaltschaft, durch die unzähligen Anzeigen überprüft wurden, unterlagen einer erneuten Begutachtung. Jo und der Verein erhielten keine öffentlichen Gelder, sondern finanzierte vieles aus der eigenen Tasche. Der Prüfer stellte, im Gegensatz zur Vereinsbuchhaltung mit einem Minus von 1,6 TDM, einen gering erwirtschafteten Gewinn fest.

Woher eigentlich?

Zum Versteuern zu klein und zu wenig um den Mitgliedsbeitrag für den Paritätischen Wohlfahrtsverband zu entrichten. Da die Mitgliedschaft nach Meinung der Finanzamtsangestellten für Vereine nicht angestrebt wurde, ihr konnte Gegenteiliges nachgewiesen werden, ohne Geld für die Beiträge war eine Mitgliedschaft nicht möglich, wollte das Finanzamt die Gemeinnützigkeit, rückwirkend aberkennen. Der Verein hatte Spendenbescheinigungen für die Spendengüter fürs Kloster ausgestellt. Also konnte er dafür nun haftbar gemacht werden. Dazu hatte der Prüfbeamte sich über 20mal verrechnet, einige Sachen nicht gebucht, Spenden als Ausgaben gesehen, Euro als DM berechnet, Steuern abgezogen und doppelt berechnet.

Ein Schulkind befragt; kam bei 10 Fahrkarten a 2,90 DM auf 29 DM. Der Beamte ermittelte 12,40 DM.
Eine Dienstaufsichtsbeschwerde an das zuständige Ministerium ergab, alles i. O. wir schließen ihre Akte, keine Richtigstellung!

Jo erhielt einen Anruf von dem Spender der Haribo Dosen aus Köln, Teufel sitzt in Untersuchungshaft. Alle Geschädigten die Jo in ihrem Fax an den Abt am Nicolaustag 2001 gewarnt hatte, erstatteten Anzeige. Diese Menschen waren als Paten von Teufel über den Tisch gezogen worden. Wer mit Zahlen der Patenschaftsgelder vor einem Jahr Zugehörigkeit aufhören wollte, wurde mit einem Mahnverfahren zur Weiterzahlung genötigt bzw. denen drohte Teufel mit Anzeige. Der Briefkopf des Kinderhilfswerkes trug immer noch den Vermerk „mildtätig und gemeinnützig" und das Kloster war angeblich Teufels Außenstelle.
Welche Verbindungen hatte Teufel, dass nach zwei Jahren die Homepage nicht korrigiert wurde, oder arbeitete das Kloster doch noch mit ihm zusammen?

Jo erreichte eine Ladung als Zeugin, gegen die Familie Vogel, im Rollstuhl auszusagen, die wegen „Übler Nachrede" in der Tagespresse, endlich vor dem Strafrichter stand.
Früh brach Jo auf. Ihr Anwalt und ein ehemaliges Arbeitsgruppen Mitglied, der in der Beratung mit dem tschechischen Botschafter in Engels Heim anwesend war und der im Rathaus vor dem Oberbürgermeister den kleinen Musiker Andreas als Sänger begleitet hatte, stand ihr zur Seite.
Sie fuhren in das, im nördlichen Deutschland gelegene Städtchen zum Amtsgericht, in dem Familie Vogel ihren Wohnsitz hat.

Jo war es vor Aufregung übel. Wie würde das Ehepaar reagieren? Sich eventuell für die öffentlich in der meistgelesenen Tageszeitung geäußerte Lüge entschuldigen. Als Jo den Flur vor dem Gerichtssaal betrat, stockte ihr der Atem. Siegessicher saß Teufel mit zwei Zeitschriften der Regenbogenpresse in der Hand, die über Jos Mission geschrieben hatten, vor dem Gerichtssaal. Das Ehepaar Vogel scherzte putzmunter mit Teufel. Nach der Zeugenbelehrung mussten Jo und Teufel auf dem Gang warten. Es war eine unangenehme Situation. Der Mann, der ihr Leben zerstört hatte, war nicht in Untersuchungshaft. Nein, er saß stattdessen lachend ihr gegenüber. Teufel wurde zuerst als Zeuge aufgerufen, obwohl der Anschlag vor dem Gerichtssaal Jo als erste Zeugin vorsah.

Danach nahm Jo auf dem Zeugenstuhl Platz. Nach den persönlichen Angaben forderte sie der Richter auf, darüber zu sprechen, wie Jo zu der Hilfsaktion kam und was sie im Fernsehen geäußert hatte. Sie erklärte nur zwei Sätze gesagt zu haben, die nichts mit Adoption zu tun hatten. Trotzdem erhielt sie unzählige Anrufe und Briefe von Adoptionsanwärtern. Jo berichtete, dass sie alle diese Briefe dem Jugendamt übergeben habe und die Schreiber vom Jugendamt ihre Briefe mit einem Begleitschreiben des Amtes zurückerhielten.

Dies wiederum bestritt das Ehepaar Vogel. Sie hätten ein Maschineschreiben von Jo, mit einem handschriftlichem Vermerk erhalten, gegen Zahlung von 40 TDM wäre eine Adoption möglich. Herr Vogel habe daraufhin das Schreiben zerknüllt und weggeworfen. Jo erklärte dem Richter, dass sie nicht einmal Teufel geantwortet habe. Er hatte sich bei ihr darüber beschwert und dadurch Kenntnis von der Postliste erhalten. Der Richter und der Staatsanwalt verstanden das nicht. Das internationale Kinderhilfswerk ist doch ein Sponsor.

Jo erwiderte, das Kinderhilfswerk wollte in seinem Schreiben nur Information über das Kinderheim haben und hatte keine Hilfe angeboten. Dann berichtete sie über die Kontaktaufnahme von Teufel, den Verlauf und Abbruch. Teufel übergab dem Richter zwei Zeitschriften, mit den Worten, „das sind die Aufrufe zur illegalen Adoption".

Von Jo wollte der Richter wissen, warum in dem Artikel „Eine Frage der Ehre" vom 20.12., ihre Telefonnummer vermerkt war. Jo entgegnete, damit ich den Anrufenden sagen kann, dass sie sich prinzipiell an ihr zuständiges Jugendamt wenden müssen (*und nicht an Teufel - konnte sie sich noch verkneifen*).

Der Richter überprüfte das Anzeigenregister gegen Jo und fragte, ob sie wisse, dass sie eine Vorladung zum Strafprozess, wegen der Unterschlagung eines Busses erhalten hätte. Jo hatte von der Staatsanwaltschaft keinen Brief erhalten. Der Richter erklärte, dass dieser zugegangen sei. Damit war Jo zur Fahndung ausgeschrieben.

Das Ehepaar Vogel strahlte Teufel an. Sie dachten nicht daran zu zugeben, dass sie gelogen hatten. Es war zu erkennen, dass das Ehepaar zu den anderen Besuchern des Klosters keinen Kontakt hatte und vermutlich weiter ihr Patenschaftsgeld an Teufel zahlte, in der Hoffnung von ihm ein Kind zu erhalten. Jo wusste, wenn sie etwas gegen Teufel sagt, das mit dem Maulkorburteil zu tun hat, würde Teufel sie wieder anzeigen, wie er das immer bei Polizei - und Gerichtsprotokollen tat. Jo hatte die Beamten auf diese Praxis von Teufel hingewiesen.

Das Verfahren wurde wegen zu geringer Schuld des Ehepaares Vogel eingestellt, dass ihre Angaben in der Zeitung nicht nachweisen konnten, weil sie den angeblich erhaltenen Brief sofort nach Erhalt weggeworfen hatten.

Eine Rehabilitierung von Jo und eine öffentliche Richtigstellung erfolgte nicht.

Jo konnte sich nicht erklären, warum der Richter sie vorwiegend über ihre Aktivitäten und den Kontakt zu Teufel befragte. Es ging doch um die Rufschädigung durch das Ehepaar Vogel in der Zeitung! Oder hatte das Verfahren einen anderen Zweck?

Jo wusste nicht, was Teufel gegen sie bei seiner Zeugenvernehmung ausgesagt hatte. Der Richter befragte ihn nach Jo und nicht nach dem beklagten Ehepaar Vogel.

Es war Jos Vorteil, dass ihr Anwalt mit im Gerichtssaal saß. Er hatte sich beinahe hinreisen lassen, sich als Zeuge zu melden, bei den Gemeinheiten, die Teufel in seinem Zeugenstand erzählte. Jo war erschüttert über den Bericht des Anwaltes. Teufel hatte wieder gelogen. Das Ehepaar Vogel bestätigte seine falschen Aussagen.

Teufel bezeugte auch, dass er den Brief gesehen habe, in dem Jo handschriftlich 40 TDM forderte. Er gab als Zeugen, die diesen Brief auch erhalten hätten, die Sponsoren der Haribo Dosen an, die mit dem Ehepaar Vogel am Nikolaustag im Kloster waren.

Nur diese Sponsoren sagten inzwischen bei der Staatsanwaltschaft aus, dass sie ihren Brief, den sie Jo auf die Sendung des Fernsehens geschrieben hatten, von dem Landesjugendamt mit einem Begleitschreiben zurückerhalten hatten.

Warum befragte der Richter Teufel nicht, zu welchem Zeitpunkt er den Brief an das Ehepaar Vogel mit der Forderung von 40 TDM Spende gesehen haben will. Der Brief sollte das Ehepaar Anfang 2000 erreicht haben und Teufel lernte das Ehepaar erst am Nikolaustag am 6.12. 2001, über ein Jahr später kennen. Hatte Herr Vogel da nicht schon längst den Brief nach seiner Angabe zerknüllt und weggeworfen?

Die Staatsanwaltschaft schrieb aufgrund der Anzeige gegen die Leitung des Internationalen Kinderhilfswerkes alle Personen der Postliste an, mit der Bitte ein vorgedrucktes Formular auszufüllen.
Hatte die Familie Vogel dieses Formular nicht erhalten? Wurden sie bewusst hinters Licht geführt? Warum lies das Gericht Jo nicht zu den Aussagen von Teufel zu Worte kommen. Hatte Teufel auch in diesem Kreisen Verbündete?
Sie kam immer durch Zufall dahinter, was Teufel gegen sie erfunden hatte, um alles wieder richtig zu stellen. Teufel unterstellte Jo vor Gericht erneut, dass sie mit sechs Kindern gehandelt hatte. Woher kannte er diese genaue Zahl? Er organisierte damit wieder einen neuen Verwaltungsakt.
Nach Jos Strafregister lagen sechs Anzeigen bei der Staatsanwaltschaft, fünf konnten umgehend eingestellt werden. Offen war die Anzeige des Zahnarztvereins aus Mitteldeutschland, auf Betreiben von Teufel, zur Spende von 15.000 DM für das Waisenheim des Heimleiters Engel, dafür war Jo nunmehr zu Fahndung ausgeschrieben. Das Gericht legte die Strafe auf 180 Tage Haft fest. Joe hatte kein Geld die Strafsumme zu zahlen. So musste Jo eine Haftersatzstrafe von 400 Stunden gemeinnützige Arbeit in einer jüdischen Gemeinde unter verschärfter Bedingung ableisten.
Jo verfolgte zusätzlich die neue Lüge von Teufel, "Kinderhandel in sechs Fällen", die eine Haftstrafe von mindestens zehn Jahren einbringt.

Der Manager des Kinderhilfswerkes löst sein teuflisches Versprechen ein, das er Jo am Heilig Abend 2001 gegeben hatte, sie werde für lange Zeit ihre Freiheit verlieren, dafür werde er sorgen!"

Jo war wieder in Deutschland eingesperrt, 14 Jahre nach der Wende, wie im Jahr 1987. Eine Reise nach Tschechien hätte unweigerlich an der Grenze zu Osteuropa die gleichen Folgen, Verhaftung auf Verdacht, vielleicht keine entwürdigende Leibesvisitation, wie sie es erlebte, als ihr Republikflucht aus der DDR im Jahr 1987 unterstellt worden war.

Jo und ihr Team wurden bestraft, weil sie die Waisenkinder von Europas größtem Straßenstrich beschützten, deren Väter in jeder Wohnstube Westeuropas sitzen können!

Zwei Jahre später

wütete in Thailand ein Tsunami. Wieder erkannte Teufel seine Chance. Er ging nach dem gleichen Schema, wie bei Pani Jo vor. Den Aufruf eines Hilfsvereins aus Mitteldeutschland nahm er zum Anlass, sich in das Projekt einzuklinken und das Projekt als seine Erfindung ins Netz zu stellen. Wieder forderte Teufel alle eingehenden Spenden auf sein Spendenkonto und wollte alle anzeigen, die sich nicht daran halten.

Jo erhielt völlig unerwartet einen Anruf der Internationalen Polizei sich mit dem Hilfsverein für Kinder in Not in Phuket, in Verbindung zu setzen.
„Wieso Teufel? Sitzt der nicht längst in Haft?"
„Weit gefehlt, Teufel hat seinen Verein in einer anderen Stadt mit gleichem Namen wieder angemeldet und kann ungestört weiter mit Betrügereien die Behörden beschäftigen!"

Das Mittagsmagazin des Öffentlich Rechtlichen Fernsehens nahm sich der Person Teufel an und deckte seine Praktiken auf. Dadurch konnten die Waisenkinder in Phuket vor ihm geschützt werden.
Daraufhin ging er nach Afrika und beschäftigte sich mit weiteren dubiosen Projekten.

Einer seiner Geschädigten, den er auch gleich wieder anzeigte, setzte sich mit Jo in Verbindung und wollte ihre Erfahrungen mit Teufel genauer kennen lernen. Der Mann rief bei dem Ehepaar Vogel an.
Ihm erzählte das Ehepaar, dass sie von Teufel in einer einstweiligen Verfügung *(juristischen Maulkorb)* gezwungen wurden, nicht mehr über die Vergangenheit zu sprechen. Sie gaben zu, nie einen Brief mit einer Geldforderung von Pani Jo erhalten zu haben. Erst jetzt, nachdem sie Teufels Aktivitäten richtig einschätzen können und die Meinung der Gegenseite kennen, wissen sie, welch einen moralischen Schaden sie mit ihrer öffentlich geäußerten Lüge angerichtet haben. Sie dürfen nichts dazu sagen, weil der juristische Maulkorb ihnen Haft androht.

Jo fragte nach dieser Mitteilung nochmals die Staatsanwaltschaft an, die Verfahren wieder zu eröffnen. Sie erhielt zur Antwort, das Ehepaar stand bereits vor Gericht, ihm wurde angelastet Jo einen Schaden zugefügt zu haben, zweimal wird der gleiche Fall nicht verhandelt.
Punkt

Was bleibt, ist die geduldete Kriminalität von Teufel!

Jo erhielt noch einmal einen Anruf von ihrem Schutzengel in Polizeiuniform der Internationalen Polizei. „Wir haben dem Kloster geholfen und den Administrator zum Satan (nicht zum Teufel!) gejagt. Er wird inzwischen mit internationalem Haftbefehl gesucht.

Nun haben wir noch eine Bitte an sie, Pani Jo. Wir hörten der Abt liegt in ihrer Stadt im Krankenhaus, er ist sehr krank, bitte besuchen sie ihn in unserem Auftrag."

Jo kämpfte mit sich, alles kam wieder hoch. Sie entschloss sich ins Krakenhaus zu dem Abt zu gehen.

Beide schlossen am Krankenbett Frieden. Der Abt verabschiedete sie, mit einer Einladung, Jo möge zur Priesterweihe seines Nachfolgers endlich wieder ins Kloster kommen.
Der Abt kehrte nach drei Wochen wieder ins Kloster zurück und feierte seinen 80. Geburtstag. Danach wurde der Klosterbetrieb eingestellt.

Nachwort

Viele Geschädigte machten Jo auf eine Anmerkung des Internetportals von Teufel aufmerksam,

Mit folgendem Inhalt:

„Roman über meine Person erschienen."

„Der Roman stellt Ereignisse aus Aktivitäten zum Teil in verfremdeter und/oder falscher Form dar. In dem Roman wird die Hilfsorganisation nicht namentlich genannt und der Vorsitzende erhält einen anderen Namen." **(d. h. 20%?)**

„Der Romanautor will damit rechtlichen Ansprüchen entgegenwirken, indem er Ereignisse nicht als Tatsachen darstellt sondern als frei erfundene Geschichte. Ca. 80 % der Geschichte entsprechen aber der Wahrheit, denn ich war selbst dabei."

Pit Teufel

Meint dieser Herr, der inzwischen für den Bundestag kandidierte damit, die im Buch geschilderten Ereignisse?